中公文庫

出張料亭おりおり堂

月下美人とホイコーロー

安田依央

中央公論新社

目次

出張料亭 おりおり堂

―月下美人とホイコーロー―

月と山賊・皮肉屋《スティンガー》

1

男にとってスーツは戦闘服《せんとうふく》だ。

上質の生地《きじ》、熟練《じゅくれん》の職人による裁断《さいだん》と縫製《ほうせい》から生み出されたフォルムは第二の皮膚《ひふ》のように身体《からだ》に添い、無駄《むだ》なしわを生まない。

動きやすく、軽い。

さらに、決して派手《はで》な色柄ではないのに、長身、均整《きんせい》の取れた身体に合わせて誂《あつら》えられたそれは、人目を惹《ひ》く華《はな》やかさをあわせ持っていた。

橘《たちばな》孝《こう》、二十九歳。

本日も一流職人の手による最高級フルオーダーのスーツを華麗《かれい》に身に纏《まと》っている。

時刻《じこく》は夜の九時を少し過《す》ぎたところだ。

孝はホテルのバーで人を待っていた。

「お隣《となり》、いいかしら？」

甘《あま》ったるい香水《こうすい》の匂《にお》いとともに背後から女の声がした。

「何を飲んでいるの？」

「スティンガー」

口の広いカクテルグラスに満たされた琥珀《こはく》色の液体はスティンガー、「針《はり》」という名だ。

「スティンガーのカクテル言葉はご存じ？」

孝は眺《なが》めていたノートから顔を上げ、女を見る。

照明を落としたバーのカウンターだ。

初老のバーテンダーがちらりと気遣《きづか》わしげな視線《しせん》を寄越《よこ》したが、大事ないというように軽く頷《うなず》く。

濃《こ》い口紅《くちべに》で彩《いろど》られた女の唇《くちびる》が意味ありげに弧《こ》を描いた。

美人だ。だが、それだけだった。

「スティンガーとは針。そこから転じて皮肉屋《ひにくや》という意味では？」

「それは言葉の意味でしょう。カクテル言葉は〝危険な香り〟」

「へえ」

大きく開いた胸元をアピールされ、孝は苦笑し腕時計《うでどけい》を見やる。

「悪いけど、待ち合わせをしているので」

「あら、そうなの？」

女の目が孝の時計に釘付《くぎづ》けになっている。

金ピカやダイヤモンド入りなどではない。

成金趣味《しゅみ》は孝がもっとも嫌うものだ。

決して分かりやすいものではない。見た目はごくシンプルでシックな造りだ。だが、少しでも目が利《き》けばこれがどれほど高価な品なのか分かるはずだ。

女はどうやらその価値が分かるらしく、名残惜《なごりお》しそうに孝を見た。

「待ち合わせ相手はさぞかし美人なんでしょうね。どんな人？」

「そうだな。たとえるなら月下美人《げっかびじん》のよう、とでも」

「あら、素敵《すてき》なたとえね。でも、一夜しか咲かない花でしょう。ずいぶん儚《はかな》いじゃない」

孝は頷く。

「だからこそ魅力的《みりょくてき》なのでは？」

取り付く島なしと判断したのか、それとも孝の気障《きざ》な物言いに倦《う》んだのか、女は鼻白《はなじろ》んだような顔をした。

「月下美人ね。綺麗《きれい》だけどサボテンよ、あれ」

思わず苦笑する孝の肩を軽く叩《たた》くと、女は肩をすくめながら別の男性客の方に声をかけに行った。

サボテンか……。笑ってしまった。

平日夜のバーはほどほどの混み具合だ。

歴史を刻んだ重厚《じゅうこう》な調度品に、ずらりと並ぶ酒の瓶《びん》。

ゆったりしたジャズピアノの調べ。バーテンダーの動きは洗練《せんれん》されており、居心地がいい。

孝は女に声をかけられたせいで中断したノートの続きに目を落とした。

ノートを覆《おお》う上質の革《かわ》カバーは長年愛用《あいよう》の品で、風格が感じられる。

だが、その中にあるのは風格もへったくれもないカオスな日々の記録だった。

その名を『見習《みなら》い日誌《にっし》』。

身も蓋《ふた》もない命名だが、孝が二十代最後の夏から秋を過ごすことになった「出張料亭・おりおり堂」の日々の出来事を記してある。

わけあって孝は八月の末から一ヶ月、休暇《きゅうか》を取って、兄の橘仁《じん》が営む「出張料亭・おりおり堂」に弟子《でし》入りしていた。

残り日数は五日。

今、「彼女」を待つ間、騒《さわ》がしくも刺激的《しげきてき》、そしてまったく思い通りにならない日々を思い返している。

そう。この『見習い日誌』とは、孝の陰謀《いんぼう》と水面下でなされた工作についての汗と涙《なみだ》の記録でもあったのだ。

2

九月七日。
見習い十二日目。
進展なし。
相変わらずのスーパー巡《めぐ》り。
これも修行《しゅぎょう》か。
不肖、橘孝。
大義《たいぎ》のためにはカゴを片手にスーパー内を周遊することも辞《じ》さない。

◆

孝はスーパーマーケットの自動ドアの前で立ち止まり、息を整える。
今からする行動についての後ろめたさをまだ拭《ぬぐ》えないのだ。
ガラスの自動扉が左右に開く。
店内のざわめきとともに冷《ひ》えた空気が流れ出し、額《ひたい》の汗を撫《な》でた。

総菜、果物《くだもの》や魚など不快《ふかい》にならない程度の匂いが混じった風の渦《うず》だ。

店内に足を踏《ふ》み入れると、孝は入口横に積み上げられたカゴを一つ手に取り、姿勢《しせい》を正し歩き出した。

人々の視線が突《つ》き刺《さ》さるが、もう慣れた。

初秋とはいえほとんど真夏の気温の土曜の朝にスーパーを訪れる身長百八十七センチ、スーツ、ネクタイ姿の男は目立つのだ。

野菜、果物、豆腐《とうふ》、納豆《なっとう》、練《ね》り製品、肉――。

順に売り場を見て回る。

特に必要があって来ているわけではないが、カゴが空《から》なのは良くない。

せめて何かを買いに来たフリでもしないと余計な詮索《せんさく》をされるばかりだ。

孝は本日の目玉である（とポップに書いてあった）大きな梨《なし》が二玉入ったパックをカゴに入れた。

一週間ばかり、こうしてあちこちのスーパーや商店街、デパ地下などを回っている。

結果、分かったことだが、時間帯や店舗《てんぽ》の立地、品揃《しなぞろ》えや業態《ぎょうたい》によってはスーツ姿でもさして違和感なく過ごせた。

たとえば平日夕方から夜にかけてのスーパーは、大体どこの店でも浮かない。

夏のこととてクールビズが主ではあるものの、会社帰りらしい男性も沢山《たくさん》いるからだ。

しかし、今は土曜日の午前中。

特売の目玉商品が並ぶフロアの空気は平日の同じ時間帯ともまた違った。

「さすがにこれはきついな」

表情は崩《くず》さぬままに、胸のうちで苦笑する。

孝が今いるのは一戸建てやマンションの建ち並ぶ住宅街のスーパーだ。

高級すぎない庶民的な店だ。

店内にいるのは子供連れのお母さん、高齢《こうれい》の男女、主婦《しゅふ》っぽい女性など。

あちこちからあからさまな視線が突き刺さってくるし、何なら「ひゃあ大きい」とか「ママ。あの人なに？」などと不躾《ぶしつけ》な声も聞こえてくるが、まあいい。

孝がこうしてスーパーをはしごしているのは、もちろんスーツ姿の浮き具合を調査するためなどではない。

ちゃんと理由があるのだ。

店内は丁度《ちょうど》いい混み具合だった。

レジに列ができている。

もっとも長い列のレーンを選んで並んでみた。

先客が三人。孝は彼らにさりげない視線を向ける。

先頭にいるのは八十代だろうか。背中を曲げて足を引きずる小柄な男性のカゴにあるのはにんじん、たまねぎ、豚肉《ぶた》、カレーのルウ。一人一玉限定のキャベツ。インスタントコーヒーの瓶にインスタントラーメンのお徳用パック。

丁度、レジ前に本日から二日間限定の特売チラシが貼《は》ってあるので確認すると、カレーの材料以外はすべて目玉商品だった。

なんと賢《かしこ》い……。

内心、唸《うな》りながら考える。

小さな豚肉のパックやカレールウから考えて少人数の家庭、あるいは一人暮らしかも知れない。

読み取り機を通す店員の手許を見るともなしに見ていると、ラストに登場したのは線香《せんこう》の箱だった。

え、スーパーって線香まで売っているのかと孝は感心しつつ、なけなしの想像力をフル活用する。

奥さんに先立たれて、一人暮らしの老人。

カレーを作って三回に分けて食べる。

三回かどうかは知らない。適当に考えた。

キャベツは……？　そうだな――。

キャベツを使ったレシピというとロールキャベツしか思いつかなかったので、スーツの内ポケットからおもむろにスマホを取り出し、検索してみた。

なるほど、炒《いた》めるもよし、煮《に》るもよし、生食《なましょく》もよしの万能食材らしい。

有名どころでは回鍋肉《ホイコーロー》だ。

画像を見て、あ、学生の頃、食《く》ったわこれ、と思い出した。

大学の門前に、気の良い老夫婦がやっている食堂があって、とにかくうまくて盛《も》りがいいのでよく通った。

こってりしたピリ辛《から》の味噌味《みそあじ》に豚肉の脂《あぶら》がじゅわりと拡《ひろ》がり、キャベツの甘さが……。

そうそう。あれをアツアツの白ごはんと一緒にかき込むとたまらない。

うわ。食いてえ――。

思い出すと、じゅるりとよだれが出てきた。

しかし、おかしいなと孝は首を傾《かし》げる。

こんなメニューが地球上に存在すること自体、忘れていた気がする。

何故《なぜ》だ。いつからだ。オレの人生から回鍋肉が消えたのはいつだ――。

妙だな。そんなことってあるのだろうかと首をひねりつつ、サイトに書かれているレシピをざっと眺めてみる。

キャベツ、豚肉、長ネギ、にんにく、味噌、酒、トウバンジャン、醤油《しょうゆ》、こしょう。

「キャベツはざく切り。豚肉は五センチ幅《はば》に切る」という最初の二行で既《すで》に疑問だらけだ。

ざくとは？

そして五センチ幅とはどちらの方向から見て五センチなのか？

孝はハアと溜息《ためいき》をついた。

一瞬、回鍋肉を自作する気でいたが、そもそも、自分のカゴには梨しか入っていない。

今から特売のキャベツを買いに戻ったとして、その一玉を使い切る自信はなかった。

そりゃまあおりおり堂へ持っていけば仁か桜子《さくらこ》がどうにかしてくれるだろうが、それではあまりに情けない。

料理への道のりはまだまだ遠かった。

などと考えているうちに老人の会計が終わり、ゆるゆるとした足取りで彼はサッカー台に移動している。

おっと脱線したな——。

スマホをしまう。

まあ、最悪キャベツはちぎって食べてもいいだろう。ということで想像に戻る。

畳《たたみ》の部屋、小さな仏壇《ぶつだん》の前で座卓に座り、自作のカレーを食べながらマヨネーズをかけたキャベツをつまむ。

思い出すのは独立していった子供たちが幼い頃のことだ。

亡《な》き妻が作ったカレーを囲み、我先《われさき》におかわりをした楽しくも懐《なつ》かしい日々——。

食後のインスタントコーヒーを飲みながら老人は思いをはせる。

などと考えていると、涙が出てきた。

天を仰《あお》ぐ。

いや、しかしこれ、そうとう失礼だなと自分で引いた。

断じて馬鹿にしているわけではないのだが、勝手にこんなことを想像して勝手に悲しくなるなんて、電車の中でよからぬことを想像している痴漢《ちかん》とさして変わらぬ気がする。

いや、まあ実際に痴漢行為を行うかどうかはともかく、男なんて大抵ろくでもない想像をしているものだとは思うが、いずれにしたところで褒《ほ》められたことではない。

「うーん……しっかしなあ」

何というのか、まだしも、いやらしい妄想《もうそう》でもしている方が世間には受け入れられやすいかも知れない。

他人のカゴの中身を見て云々《うんぬん》……。

正直、自分でも気持ち悪い。

ならばこんな不躾な妄想をしなければいいだけではないかと思うだろうが、そうもいかなかった。

これは訓練なのだ。

孝は今、藁《わら》にも縋《すが》る思いでやっている。

財布から取り出したブラックカードで梨を購入し、レジ袋を断ってサッカー台に向かうと、「よぉ」と声をかけられた。

「調子はどーだ？　師匠《ししょう》自ら見に来てやったぜ感謝しろよ。おっ、梨かあ。エリート鬼《き》畜眼鏡《ちくめがね》と梨」

彼がいた。

師匠と言っているが、あくまでも自称だ。

「ええと、参考までに物語を訊《き》いても？」

カゴから、持参した折りたたみエコバッグ（スタイリッシュ）に梨を移す作業はあっという間に終わり、サッカー台を離れながら訊くと、彼はにやりと笑った。

「んー。そうだなあ。このクソ暑い中、高級なオーダースーツにブラックカードとくりゃ、インテリやくざのお遣いだね多分。病気で余命幾《よめいいく》ばくもない組長が最後に梨を食べたいって呟《つぶや》いたもんで、泣く子も黙るクールで容赦《ようしゃ》ない若頭《わかがしら》自ら買いに来たとか。あるいはこうだな。地上げ先の老朽化《ろうきゅうか》したアパートの一室で身を寄せ合うシングルマザーと幼い子供。それにほだされた若頭が買って来た梨をそっと玄関ドアの前に……」

「わ、分かった。もういいから。な？　やめなさい」

慌《あわ》てて遮《さえぎ》り、えーと唇を尖《とが》らせる彼を押すようにして店を出る。

「いや、ホント。お前の妄想力には敬服《けいふく》するわ。しかしだな、虎之介《とらのすけ》くん。人を反社会的勢力に見立てるのはやめてくれたまえ。これでもコンプライアンスの担当でね、冗談《じょうだん》でも困《こま》るんだ」

「人の口に戸は立てられないって言うじゃん。オレが思ったんだから、同じこと思う人も多いんじゃね？」

「いやいや、雨宮《あめみや》さん。あなたほどの想像力の持ち主はそうそうおりませんから」

「よせやい。そんなに褒めんな」

とか言いつつ人差し指で、くんっと鼻を擦《こす》っている。

あ、なんかこれ見たことあるぞ。昔のアニメのガキ大将《だいしょう》的な？

ふむ、またか、と孝の違和感センサーが反応した。

どうにもこうにも、こいつはおかしい。

仕草や言動が現代日本に生きる若者像から時折、激しくずれている気がするのだ。

さらに奔流《ほんりゅう》のように流れ出してくる「物語」の数々。知識が豊富なのは確かなのだろうが、どうにも不思議だ。

などと考えているうちに「骨董・おりおり堂」に着いた。

「おっはよーございまーす」

店内に足を踏み入れながら、大声で挨拶《あいさつ》をする彼は雨宮虎之介、孝の自称兄弟子である。

果たしてこいつが誰《だれ》なのか、何故孝がスーパー巡りをしているのか——。

孝は日誌のページをぱらぱらとめくり、日付を遡《さかのぼ》った。

◆

八月三十日。
見習い四日目。
まかないのいなりずしは大変美味《びみ》であった。
しかし、肝心《かんじん》の目的に関しては手詰《てづ》まり。
さすがにまずい。この四日間、やっていることといえば下働きばかりだ。
しっかりしろ、橘孝。
おいしいまかないに喜んでいる場合ではないのだ。

◆

八月三十日。

夏、スーツ姿。

正直、暑い。

複雑に入り組んだ迷路《めいろ》のような路地で立ち止まり、孝は額の汗を拭った。

時刻は朝の十時を少し回ったところだ。

いきなり頭上でジ……ジジジーッと爆音《ばくおん》が鳴り響《ひび》き、何が始まったのかと思ったら蟬《せみ》だった。

先週辺り一気に気温が下がり、秋の気配が漂《ただよ》うようになっていた。このまま季節が進むのだろうと思いたかったが、日本の気候はそう甘くはない。

ここへ来て急に残暑がぶり返した。

一体どうした。何故張り切るんだと恨《うら》めしげに太陽を見上げるが、まともに目を射《い》られ余計に暑さが増しただけだった。

「下界は暑いな」

思わず目を閉じ呟く。

これではまるで天界から地上に降り立った堕天使《だてんし》のようだが、そんなわけはない。

孝はゆくゆくは家業の一切を統《す》べる予定の青年実業家である。

世界に冠《かん》たる橘グループの総帥候補《そうすいこうほ》――

そう知れば誰もが目を瞠《みは》るが、孝自身に特権意識があるわけではなかった。

単純なことだ。

普段過ごしているオフィスは贅沢《ぜいたく》な意匠《いしょう》の高層ビル、住居であるマンションも超高層階が故に下界に見えただけだ。

もっとも、多少浮き世離れしているのは否定できない。

これまでの孝の生活においては、外出の足といえば愛車。乗り心地抜群のドイツ製の高級車。通勤地獄《じごく》などとは無縁の生活を送っていたのだ。

しかし、今の孝はただのしがない見習いだ。

地下鉄に揺られ、むわむわと熱いアスファルトの地面を歩き通勤している。

働く人々の朝の行進はちょっと囚人《しゅうじん》のようだと思う。

あるいは抗《あらが》うことを忘れた羊の群れか。

いずれにしても社畜《しゃちく》体質の日本のサラリーマンの気持ちが少しばかり分かった気がする。

ただし、孝が向かう先は彼らとは違う。

近代的なオフィスビルなどではない。

地下鉄の構内から地上に出て、車道に背を向け路地を抜けると石畳の道が見えてくる。

高層ビルの谷間にぽっかりと開いた空間に、昭和レトロのジオラマを嵌《は》め込《こ》んだような一角があるのだ。

そこに建つ一軒の家屋。

古くどっしりとした店構えだ。

「骨董・おりおり堂」。

孝は毎日そこへ通っている。

といっても、骨董店に転職したわけではなかった。

骨董店を営むのは橘桜子。血のつながりはないものの孝の祖母《そぼ》にあたる人だ。

その店を拠点《きょてん》に、兄である橘仁が『出張料亭』なるものをやっているのだ。

わけあって孝は見習いとして兄に弟子入りすることになった。

これは仕事を辞めてのことではないし、ゆくゆくは料理人になろうなどと、たわけたことを考えているわけでもない。

見習いはあくまでも仮の姿だ。

何なら潜入《せんにゅう》捜査といってもいい。

孝は極秘かつ非常に難易度《なんいど》の高い任務を自らに課したのだ。

「俺さあ、思うんだけど。満員電車でスーツ着たおっさんが一人いるとするだろ。そいつの汗や臭気《しゅうき》、発する熱気で、そこを爆心地とした放熱テロとかになるんじゃね？」

孝の肩に腕を回し、なれなれしく言ったのは虎之介だ。

になっている。


「人をテロリスト呼ばわりするな」

孝の方が背が高いので虎之介は背伸《せの》びしたうえ、全体重を乗せてのしかかるような格好になっている。

そこまでして何故肩を組もうとするのか。

うっとうしい。

すごくうっとうしいが、そういう妖怪《ようかい》だと考えればまあしょうがないかと流せる話だ。

孝は「骨董・おりおり堂」に潜入している身だ。

郷《ごう》に入《い》れば郷に従え。多少のことには目をつぶらざるを得ないと思っていた。

だが、どうしても見過ごせないことも世の中には存在する。

たとえば、こいつの正体についてだ。

この雨宮虎之介という名は本名ではない。

大阪《おおさか》の芝居《しばい》小屋の役者たちによって命名された仮の名だ。

本人いわく、彼は記憶喪失《きおくそうしつ》らしいのだ。

記憶喪失――。

正直言って、孝の三十年近い人生の中で初めて出会った気がする。

だが、まあ、確かに医学的にあり得ない話ではない。

それが本当ならば大変気の毒な話なのだが、彼の場合、不審《ふしん》な点が多すぎるのだ。

まず本人が記憶喪失であったとしても、周囲の誰かが彼を知っていたり、持ち物に手がかりがあったりと、何かしら分かりそうな気がする。

韓流ドラマではないのだ。

記憶喪失になった人物が、身元不明のままふらふらしているなんてことが実際にあり得るのか？

大体このご時世だ。

身分証明《しょうめい》とまではいかずとも、カードとか診察券《しんさつけん》とか、名前の分かるものの一つや二つ誰だって携帯《けいたい》しているだろう。

ところが、この男は身元を示すものを何一つ持っていなかった。

さあ、そこで考えてみてほしい。

ある日、森に出かけたあなたの家族が何の記憶も持たない人間を拾ってきたとしたらどうだろう。

この人間、人間ということ以外、何一つ分からないのだ。

怖《こわ》くないだろうか？

いや、実は虎之介に関しては人間であること以外にも分かっていることがあった。

一つだけ、大変はっきりしているのだ。

それは、ヤツの顔が恐ろしく可愛《かわい》いということだった。

どれほど可愛いかというと、孝がこれまで見た全人類《じんるい》の中でぶっちぎりのトップというほどだ。

ふわふわと柔《やわ》らかそうな癖《くせ》のある髪《かみ》は金に近い茶色で、ほうじ茶ラテを連想させる。

瞳の色はヘイゼル。

光の加減で緑にも金にも、時には赤にも見える。稀少《きしょう》な宝石のようだ。

抜けるように白い肌といい、アジア系以外の血が混じっているであろうことは明白だった。

ここで国籍も怪しくなったわけだが、とにかく黙っていればこの男、お人形《にんぎょう》のように愛らしく可憐《かれん》だった。

いやいや、待て待て——。

孝は時折、我に返って、自らに言い聞かせる。

おかしい。いくら可愛くとも相手は男だ。

可愛いとか可憐だとか、そもそも形容がおかしいからな——。

と頭では理解しているのだが、放っておくと視覚情報に引きずられて認識がどんどんずれていくのだ。

おそろしい話だ。

ちなみに、孝が彼を見た第一印象はあろうことか「蠱惑的《こわくてき》」だった。

もし彼が女性で、孝を誘惑《ゆうわく》する目的で目の前に現れたのだとしたら相当危なかっただろう。

危機管理の鉄則からいえば、こういう場合は下手《へた》にかかわらず逃げるが勝ちなのだ。

ところが、そうもいかない事情があった。

この、ホラーものでいえば問答無用で封印《ふういん》すべき祟《たた》り神《がみ》レベルの危険物をわざわざ大阪から拾ってきたのは、よりにもよって兄の仁なのだ。

ついにやりやがったなというのが正直なところである。

仁という男は昔から犬や猫《ねこ》を拾ってきてこっそり飼っては両親に叱られていたが、その延長線《えんちょうせん》でここまで来てしまったらしい。

「しかしだ、仁」

孝は心の内から仁に呼びかける。

別にテレパシーを習得しているわけではないのだが、長年の確執《かくしつ》により仁との間でまもな会話が成り立たないため、こうして一方的に胸の内で語りかけるほかないのであった。

当然、仁には届いていないが、そこは好きでやっているので放っておいて欲しい。

――いいか、仁。犬や猫なら可愛らしいが、こいつがよからぬ破壊《はかい》分子という可能性も捨てきれないんだ――

――俺はあんたに害をなすかも知れない人間を黙って見過ごすわけにはいかない――

その通り、孝は仁を護《まも》る守護神《しゅごしん》を自認している。
いや、神ではないので警備《けいび》担当と思ってもらえばいいだろう。
現在の孝の脳内では、仁の名に傷をつけないことを最優先に、回路が配置されていた。
何故そんなことになっているかといえば、ひとえに橘グループのためだ。
孝は仁を橘に連れ戻すべく密《ひそ》かに画策しているのだ。
連れ戻すといっても物理的な意味あいだけではない。
自分が今いる総帥候補の座を兄に譲《ゆず》ることを意味する。
能力がないからではない。
自分でいうのも何だが、孝は優秀《ゆうしゅう》だ。
グループ内はもとより、橘を知る誰もが次期総帥は孝だと信じて疑っていないはずだ。
だが、一人孝だけは違った。
本当に橘グループを背負《しょ》って立つべきは自分ではなく、兄の仁なのだ。
もう何年も、そう考えている。
元々、すべて兄が継《つ》ぐはずだったものを正しい場所に戻すだけなのだ。
こんな状態が始まったのは、今からもう二十年近く前のことだ。
といっても詳しいことは孝も知らない。
ただ仁と両親の間に確執があったことはうすうす知っていた。

だからといって親子のことだ。

それが決定的な不和を招くとまでは思わないだろう。

なのに、ある日、仁は後継《こうけい》候補の座から降りてしまった。

仁が中学を卒業する頃の話だ。

普通に考えても進路を決めてしまうには早すぎるだろう。

一時の激情にかられて飛び出したにせよ、仁がその気になりさえすればいくらでもやり直しはきくはずだった。

だが、どういうわけかそうはならず、その結果どうなったかというと、こちらにお鉢《はち》が回ってきてしまった。

それまでの孝は両親から期待されていたとは言い難い。

孝に対し、彼らはほぼ無関心だったのだ。

それを恨んではいない。

兄の仁が親の期待を一身に引き受けてくれた分、孝は野生児《やせいじ》みたいに遊び回ることが許されていたからだ。

「将来のゆめはサッカー選手になることです」と作文に書いたぐらいだ。

ところが、兄に見切りをつけた両親は、次男の孝に英才教育を施《ほどこ》すよう方針を転換《てんかん》した。

補欠繰《く》り上げ当選みたいな話だ。

なんだよ急に手のひら返したみたいに、と文句を言いたいところではあったが、まあ、生まれが生まれだ。仕方ないかと諦《あきら》めた。

だが、それでも孝としてはあくまでも補欠の腹づもりだった。

なんだかんだ言ったところで、最終的には両親と和解した仁が跡《あと》を継ぐことになるだろうと思っていたのだ。

ならば補欠は補欠らしく、本命が戻るまでの間の中継ぎをすればいい。

そして、いずれ戻る仁のために玉座を護り、来たるべき日にはその地位を明け渡す。

自分は仁を補佐し、支える役割をすればいいと考えていた。

孝は負けず嫌いだし、プライドの高い男だ。

相手が他の人間ならばこんなに簡単《かんたん》に勝ちを譲ったりはしない。

しかし、兄の仁は孝にとって唯一《ゆいいつ》ひれ伏《ふ》す相手だった。

勉強でもスポーツでも孝は一度も兄に勝てたと思ったことがないのだ。

孝が無能なのではない。相手が優秀すぎただけだ。

どんなに抗っても、どんなに頑張《がんば》っても孝は兄を追い越すことはできなかったし、それ以上に孝は兄を敬愛していた。

だから、孝は仁が戻ってくるのを待ち続けていたのだ。

いっそ健気《けなげ》なぐらいだった。

だが、終末の日は来た。

仁はまるで孝に見せつけるようにして、料理の世界に飛び込んで行ってしまったのだ。

当初は仁の後継者レースへの復帰を待つ者もいたが、年月が経《た》つうちに誰もが仁のことを口にしなくなっていった。

喪失感は大きい。

愛が深ければ深いほど、裏切られた時の失望は大きく、それはやがて憎しみへと変わる。

孝は人一倍の努力をし、今の地位や能力を維持してきた。

それでも、常に半身をなくしたような空虚《くうきょ》な感覚を持て余している。

上りつめればつめるほど、頂点が近くなればなるほど、兄の存在を欲するのだ。

孝自身、自分にこれほど弱い心があろうとは思ってもみなかった。

だが、橘グループのことを考えれば、その考えは正しいのだと自分に言い聞かせる。

大人になって社会に出て、より鮮《あざ》やかに見えてきたことがある。

それは仁の持つカリスマ性についてだ。

カリスマとは民衆を惹きつけ心酔《しんすい》させる力のことだと辞書に書いてあった（意訳だ）。

仁は黙っているだけで人を惹きつける。

そこに理屈《りくつ》はない。

人を好きになる理由を、論理でなど説明しきれないのと同じことだ。

とにかく、仁は視線一つで他人を意のままに動かせるタイプの人間だった。

これは孝が決して持つことのできないものだ。

努力では決して手に入れることのできないもの。経営者として最大の武器を生まれながらにして仁は持っているのだ。

孝だって今、子会社とはいえ経営者のはしくれだ。

この立場に立てば改めて分かる。

仁ほどの資質を持つ人間を見過ごしていい理由などどこにもないのだ。

そいつが野生動物よろしく野に放たれているのなら即刻狩《か》るべし。

いや、狩らねばならない——。

そんなわけで、孝は何としても仁を奪還《だっかん》しなければならなかった。

たとえていうならば、仁は今、迷い込んだ異世界で、本来の彼の身にそぐわぬ不遇《ふぐう》な生活を強《し》いられているようなものだ。

是が非でもそこから救出し、自分の本当の姿を思い出してもらわねばならない。

厄介《やっかい》な魔女《まじょ》の呪《のろ》いをかけられた姫君《ひめぎみ》と思えば救う手にも力が入るというものだ。

姫君の前には様々な罠《わな》が待ち受けている。

たとえば刺客《しかく》、もしくは陥穽《かんせい》。

そんなわけなので、この得体の知れない、顔だけは可愛い記憶喪失美青年を、孝が刺客と疑い警戒《けいかい》するのも無理からぬことだろう。

大事な仁を護るために、俺は番犬ともなる――。

孝は本気を出した。

自分の持ちうる限りの情報網を駆使《くし》して虎之介の素性を調べたのである。

大きな声では言えないが、この情報網は相当のものだ。

相手が通常の人間なら、ここまでやれば丸裸《まるはだか》になってしまうレベルとだけ言っておこう。

個人情報保護の観点からいうと完全にアウト。決しておおっぴらにはできないレベルで手を尽《つ》くしたのである。

にもかかわらず、この雨宮虎之介に関しては何の情報も見つけられなかった。

信じがたい話だ。

およそ現代日本に生きる人間とは思えなかった。

少年なのか青年なのか。

二十歳だと本人が主張しているので、便宜《べんぎ》上青年と呼ぶが、本当に成人しているのかどうかも疑問だ。

孝としては未成年の可能性もあるのではないかと考えている。

そもそも名前はおろか、自分が誰であるのか。どこから来たのかも分からないと言っている人間が、年齢だけ覚えているのも妙だ。

そして国籍。

流暢《りゅうちょう》な日本語を喋《しゃべ》ってはいるが、孝の見るところ、彼の知識はいささか偏《かたよ》りがあるように思えた。

どこがどうとはいえないのだが、何となく同時代に日本に暮らした人間ではないような気がする。

といっても、過去からタイムスリップしてきたとかではない。

たとえていうなら、日本のサブカルに詳しい、日本びいきの海外のオタクというのが一番しっくりくる感じだ。

国籍不明、素性不明、年齢不詳。

怪しさ満載の役満状態である。

スパイか？　殺し屋か？

事実、孝としては心底不本意だった八月の横浜《よこはま》デートの際、謎《なぞ》の外国人男性につきまとわれた。

虎之介は心当たりがないとしらを切ったが、それを鵜《う》呑みにするほど孝は甘くない。

今もってさっぱり尻尾《しっぽ》を摑《つか》めていないのだが、いずれにしても危険すぎる。

こんな男を仁の傍《そば》に置いておくなんて到底《とうてい》、許容できるはずもない。

孝が「出張料亭・おりおり堂」に押しかけ見習いとして弟子入りすることを決めたのは、

もちろん仁を懐柔《かいじゅう》、いや説得して連れ戻すためでもあるが、もっとも切実な理由がこれだった。

虎之介が悪事を働かぬよう監視すること。

そして正体をあぶり出して、とっとと追い出すことである。

しかし、情けないことにこれが難航《なんこう》していた。

正直なところ、孝はこいつと相性が悪い。

何を考えているのか分からないうえ、化けの皮を剝《は》ぐべく奮闘《ふんとう》する孝の手をするりぬるりとかいくぐるのだ。

そして周囲がまた何というのか、孝の気持ちを知ってか知らずか、のんきというか危機感がないというか、すべての言動が神経を逆撫でしてくる。

「やめろっ。お前がそもそも暑苦しい」

のしかかっている虎之介を振りほどくと、ヤツは可愛い顔で眉《まゆ》を下げ、ハァと大袈裟《おおげさ》に肩をすくめて見せた。

「ねえねえ、弟。浮き世離れしてるアンタは知らないかも知んないけど？　日本の夏はクールビズが常識なんですが。そりゃセレブ様はお高い外車で通勤できるかもだけど、働く人々の多くは満員電車で通勤してんのさ。まじめに暮らしてる庶民の皆《みな》さんに熱中症をもたらす死の天使になるのはアカンで。マジ、ギルティやん」

謎の関西弁（すごく下手）にいらっとする。

こいつの絡みはいちいちうざい。

「あのなぁ、やむを得ない事情でスーツネクタイで通勤する人だっているんだ。社会人は大変なんだよ。いいか。そういう言い方はおのれの視野の狭《せま》さ、考えの浅さを露呈《ろてい》するだけだぞ、気をつけろ」

「ふぁあい」

虎之介はやる気なさげな態度で、明後日《あさって》の方を見ながら手を挙《あ》げた。

ここへ来て孝は常識論が空回りする虚《むな》しさを初めて知った。

まじめな態度で臨《のぞ》むこちらが馬鹿に見えるのは何故なのか。

さらにはこの場の空気がよろしくない。

どういうわけだか孝にとって、アウェー感が漂っているのだ。

「あらまあ、仲《なか》のよろしいこと」

そう言ったのは、にこにこと微笑《ほほえ》ましげにこちらを見ていた桜子おばあさまだ。

いや、その微笑ましそうなのやめてもらえませんかね――。

さっきから視界の端《はし》に入る彼女の姿に孝は内心思っていたのだが、彼女はそこでとどまってはくれなかった。

「こうしていると、まるで本当の兄弟《きょうだい》みたいですわね」

ぞぞーっと身の毛がよだつ。

ちょっと待った！　異議あり中の異議ありだ。

俺の兄弟は仁だけだ。

こんな得体の知れない弟がいてたまるか。

いくらおばあさまでも笑えない冗談はやめてほしい。

異議を唱えるべく口を開きかけたところで、横からかっ攫《さら》うように桜子に相槌《あいづち》を打ったのは山田澄香《やまだすみか》だった。

「本当に。息ぴったりですね。いいボケに絶妙のツッコミでした」

また、この女は――。

ドヤ顔で頷く女に頭が痛くなる。

スタイリッシュなエリート実業家としての矜持《きょうじ》が声に出すことを阻《はば》んだが、全身全霊《ぜんれい》かけてツッコミを入れたい。

どこのお笑い評論家だよてめえは、と。

予想もしなかった方向からの被弾《ひだん》に精神的な疲労はもはや二割増しである。

そう。刺客は虎之介だけではなかった。

仁を連れ戻そうと画策する孝の前に立ちふさがる障害物その二、山田澄香。

仁の助手である。

兄を連れ戻すにあたり、「出張料亭」自体はさほど問題ではないと孝は見ていた。何しろ仁が贖罪《しょくざい》のために京都《きょうと》に詰めている間、そしてその後の謎の期間（大阪にいたことは分かっている。その間に虎之介を拾って来たのだ）は開店休業状態だった。さほど執着があるとも思えないし、幸いなことに店舗を構えているわけではないのだ。畳むのは容易《ようい》だろう。

問題は人間の方だった。

人的資源といえば聞こえはいいが、これこそが仁を縛《しば》る枷《かせ》である。

仁は無口で無愛想に思えるが、こう見えて情に厚い男だ。

彼を頼りにする人間がいる限り、簡単に仕事を投げ出したりはしないだろう。

つまり、このわけのわからない助手の女と得体の知れない顔だけは可愛い青年の二名こそが、仁の最大の枷になっているわけである。

ＯＫ、ならば邪魔者《じゃまもの》は排除するのみだ。

まずはこの山田澄香にお引き取り願おうと思ったのだが、これがどうも一筋縄《ひとすじなわ》ではいかなかった。

なんと厚かましいことに、この女、仁に懸想《けそう》しているのだ。

懸想、恋慕《れんぼ》、恋《こい》わずらいである。

アラサー女の片思い。

身の程知らずも甚《はなは》だしい。

だがそれ故に厄介だ。非常に厄介だった。

少なくともこの女、二年近くも仁を待ち続けていたことになる。

仁を待つ時間の長さでいえば自分の方がよほど長いわとマウンティングしたいところだが、女の執着《しゅうちゃく》とはそもそも質が違うだろう。

混ぜすぎた納豆、あるいは腐敗《ふはい》寸前のめかぶのような粘着質《ねんちゃくしつ》の恋心が予想された。

もうこうなると、単なる一パート従業員を解雇《かいこ》するのとはわけが違う。

非常にデリケートな領域に入り込んでしまっているのだ。

一つでも間違えばセクハラ、パワハラに問われかねず、あるいは女心が暴走して事案に至《いた》る可能性も大だ。

ここで一つ言っておきたいことがある。

橘グループ次期総帥候補、橘孝の実力を侮《あなど》ってもらっては困る。

実のところ、こんな女一人、消すのは簡単なのだ。

いや、言い方がまずかったかも知れない。物理的に消すわけではないので念のため。

コンプライアンス遵守《じゅんしゅ》を何よりも優先する男、それが橘孝だ。

何も物騒なことをしようと言っているのではない。

それ以外の方法でも、やろうと思えば、ある朝、仁が目覚めたら、山田も虎之介も二人とも姿を消しているぐらいのことはできるのだ。

「だが、それじゃダメだ」

一人、夜中の自室で戦略を立てながら、孝は呟く。

この二名の排除が目的なのではない。

その後に待つ、橘グループへの仁の復帰こそが肝心なのだ。

そのためには絶対に仁のご機嫌を損なうようなやり方を採用するわけにはいかなかった。

そう。気がついたら拾って来た犬猫が保健所に連れ去られていた、ではダメなのだ。

そんなことになっては、仁はこれまで以上に橘に対する悪感情を募《つの》らせ、絶対にこちらに手を貸そうとはしなくなるだろう。

つまり、あくまでも穏便《おんびん》に、仁も納得《なっとく》のうえで笑ってさようならを言ってもらわなければならないのだ。

しかも、事態は一刻《いっこく》を争う。

なぜならば、孝の見るところ、仁の方にも山田澄香に対する好意がそこそこあるように見受けられるからである。

これはまずい。大いにまずい。

山田の厚かましい片思いだけならどうにでもできるが、ああ見えて仁は誠実な男だ。万が一にも二人が本当にくっついてしまったら取り返しのつかないことになる。

やきもきしながら見張る日々だが、幸いなことに今のところ、この二人は付き合っているとはいえない。

ならば、まかり間違ってそんなことにならないうちに、早期に山田澄香を退職に追い込み、仁から引き離せばいいだけのこと——。

と、それはその通りなのだが、正直なところ孝は攻めあぐねていた。

この山田という女、変なのだ。

なんというのか時折、挙動不審に柱の陰からにたりと不気味な笑みを浮かべて仁を見つめている姿には、本当にぞっとした。思わずゾンビを連想してしまったほどだ。

幸か不幸か、これまで孝の周囲にいた女性といえば、しとやかな美女ばかりだった。

その美しい唇は、間違ってもこんなずれたお笑いソムリエみたいなボケを紡《つむ》ぎはしまいし、あわれなゾンビの残影《ざんえい》を見せたりもしない。

そもそも、女性というのは万事控《ひか》えめに微笑み、少しばかり気の利いた会話を嗜《たしな》むくらいのものではなかったのか？

一体、この女の思考回路はどうなっているのだ——。

理解不能な事態の数々に孝は頭を抱えるほかない。

確かに、これまで孝の周囲にいた女性たちは選《え》りすぐりの名家の令嬢《れいじょう》ばかりであり、特別レベルが高かったのは確かだ。

しかし正直なところ、彼女たちに面白《おもしろ》みはなかった。

相手が美女であるからこそ、ある程度の時間を共有するのもやぶさかではなかったものの、中身については大差なく、どの女性も似たり寄ったり。孝の興味《きょうみ》を惹くには至らなかった。

しょせん女性なんてそんなものだと思っていたのだが、そんな孝の後ろを山田がふぉっふぉっふぉと不気味な笑い声をもらしながら通り過ぎていくのだ。

正直、わけが分からない。

いや、別に山田澄香が面白みのあるいい女だなどと言っているわけではない。

断じて興味はない。

孝の常識で測れない思考回路の持ち主だと言っているだけだ。

不気味なゾンビは遠ざけるに限る。

ひどいことを言っている自覚はあるが、孝としても別に山田澄香に恨みがあるわけではない。

ただ、とりあえず目的遂行のためには彼女にここにいてもらっては困るのだ。

まだ店内はいい。孝の目が届くからだ。

楽しげに語らう仁と山田がいれば、さりげなく割り込んで邪魔することもできるし、何なら虎之介をけしかけることだってできる。

しかし、仁が出張料亭を再開した今、空白の時間帯が生じるようになっていた。出張先だ。

見習いとはいうものの、男が二人もいてはかさばるからという理由でこれまでのところ孝も虎之介も出張に同行することは許されていない。

つまり、仁と山田の二人態勢で出張先へと出かけていくのだ。

山田澄香の高笑いが聞こえる気がする（幻聴《げんちょう》だ）。

目が届かないのは怖い。

出張先で内密に愛を育《はぐく》まれてはことだ。

孝は仁を連れ戻すという大義のために、明治時代の令嬢のお目付役老女みたいな発想になっているのに気付いて、思わずあぁっと変な声をあげてしまった。

◆

八月三十一日。

見習い五日目。

ついに少し事態を進展させることに成功した。

仁と話をしたのだ。

わずかな一歩だが、確実な進展だ。

だが、「課題」を出された。

これは簡単な問題なのか？　それとも深い意味のある問いかけなのだろうか。

◆

考えに考え抜いた結果、孝は二つの戦略を打ち立てていた。

「画策と説得」。両面作戦である。

画策については、こうだ。

問題の人物は二名いるが、この際虎之介の方は置いておくとして、まずは時間的猶予《ゆうよ》のない山田澄香の方をターゲットに据《す》える。

ポイントは四つ。

深夜、おりおり堂から帰宅《きたく》すると、孝は毎夜バスタブにつかり、脳内で内なるスタッフとともに戦略会議を持った。

孝が住むのはタワーマンションの最上階だ。

東京の夜景が一望できる。

そこで考える内容がこれとは情けないが、重要な案件である。

思考を整理するには、できれば相手がいる方がいい。

須藤《すどう》を相手にやることも考えたのだが、内容が内容だ。下手をすると恋のライバルを蹴《け》落《お》とそうとする女子高生みたいなので、いくら腹心の部下とはいえさすがに憚《はばか》られた。そんなわけで一人脳内戦略会議を開催《かいさい》しているのである。

議題、まずは一つ目。

山田を仁から遠ざけるべし。

そう、つまり二人を引き離せばいいわけだ。

これは物理的なことなので比較的容易な気がする。

二つ目は、仁がこれ以上、山田に対して関心を持たないようにすること。

これも物理的に引き離せば必然的についてくる結果のような気がする。

恐らくだが、山田が目の前をちらちらするから気になるのだ。

ゾンビだって目の前で動くものには興味を持つ。だが、その相手がいなくなったら存在すら忘れるだろう。

仁をゾンビ扱いするのは心が痛むが人間とは本来そうしたものだ。多分。

ここまでは簡単だ（のはずだ）。

問題は三つ目と四つ目だった。
ここから先はやや難易度が上がる。
というか、かなり作為的に仕掛けていかなければならない。
慎重を期す必要があるのだ。
万が一こんな画策をしたことが仁に知れるとまずい。
恐らく犬猫を保健所送りにするよりも冷たい視線を浴びることになるだろう。
仁から軽蔑《けいべつ》と憎悪《ぞうお》の混じった絶対零度《れいど》の視線を向けられることになるのだ。
「うぉ、こわ……」
それは避《さ》けたい。絶対に避けたい。
想像しただけで心が折れそうだ。
「いや、ホントにな」
風呂場《ふろば》の天井《てんじょう》を見上げ、思わず呟く。
絶対に自分の差し金だとは分からないようにしなければならない。
バレた時点でその後の計画は全部おじゃんになるのだ。細心の注意を払うべきだ。
「問題はその方法だな」
たとえば、仁が山田に幻滅するよう仕向ける？
しかし、だ。

信じがたいことだが、あの挙動不審の女に幻滅してないんだよな仁は。

何を見せれば幻滅してくれるんだろうかと考えると空恐ろしい気がする。

うちの兄貴《あにき》、女に対するハードルが低すぎるんじゃないだろうか——。

趣味が悪いとは言いたくない。

仁は昔からセンスも趣味もいい男だ。

実際、料理にしたって、うつわ選びにしたって、そりゃもううっとりするほどの大した審美眼《しんびがん》なのだ。

そんなことは出張に同行できずとも、日々のまかないを見ていても分かる。

ここへ来てからずっと、仁を見る度、仁の一挙手一投足《いっきょしゅいっとうそく》、茶を淹《い》れる動作一つにさえ、孝は感服していたのだ。

ならばいっそ、いい女を宛《あて》がうというのはどうだ？

ぽんと浮かんだ考えに、なるほどと思う。

言うまでもないことだが、山田より美しい女は沢山いる。

だが、美醜だけが問題なのではない。

もっと先のことまで考えておかねばならない。

仁が橘グループの次期総帥の座に就いた際、仁の助けになるような女性でなければならない。

容姿はもちろん、家柄も学歴も完璧《かんぺき》なのは当然。なおかつ橘グループを背負って立つ夫を支え、社交界の華となれるような人物が望ましい。

当然、そこには上流社会にふさわしい立ち居振る舞いや、政財界の大物を相手にしても物怖《ものお》じせず、うまく相手を転がせるような強《したた》かさも必要だ。

あと、できれば仁のためには性格もいい方がいいだろう。

何しろ、自分たち兄弟の母親ときたら、前半の能力には申し分なかったが、性格が最悪だった。

結果、橘家は家庭としてはまったく機能しておらず、ある意味、前線基地のようだった。かけひきと効率重視の夫婦関係で家の中はいつも殺伐《さつばつ》としており、孝は母親に甘えた記憶などなかったのだ。

出来上がったのがあんな家庭では悪夢もいいところだ。仁はまた逃げ出してしまうだろう。

しかし、そんな化け物みたいに完璧な女っているのだろうか？

疑問が浮かんだ。

いや、見つける。仁のためだからな。

とりあえず多少の条件は緩和するとして、せめて家柄を重視するか、と思った。

孝のところに持ち込まれた縁談も、今のところはまったく興味がないからと躱《かわ》していたが、これからはきちんと吟味《ぎんみ》することにしようと考える。

いいのがあれば仁に回せばいい。

ここまで考えて孝は、はっとした。

何となく考え方が効率優先というか、手段を選ばない母親に似てきたのではないかと思ったのだ。

「確かに非道というか外道《げどう》というかだな」

笑ってしまった。

まさか兄の前から目障《めざわ》りなゾンビを排除するために、より強力な縁談を選《よ》って押しつけようとする日がくるとは思わなかった。

たとえばこれが仕事のライバルを蹴落とすためとかならやらないこともないが、正直あまり好ましい手ではない。

橘孝、二十九歳。

できれば裏も表も漢《おとこ》でありたい。

兄の前で胸を張れないようなことはしたくないというのが本音だ。

だが、大義のためには。橘のためには。

そしてひいては仁本人のためにも、汚れ役に徹する必要があった。

人生とはままならないものだ。

「ハードボイルドだな」

そろそろのぼせてきた頭で一人呟く。

以上、この日の脳内会議は終了だ。

決して表に出してはならない秘密の話だ。何事においても、光があれば影《かげ》があるものだ。

しかし、この影の部分を絶対に仁に知られるわけにはいかなかった。

自分だけが知っていればいいことなのだ。


対して、光にあたる部分が「説得」である。

誰に対しても恥《は》じることなきまっとうな方策。

影の領域で暗躍するのも不可欠だが、同時に、仁自身に納得して戻ってもらうためには正攻法の説得が欠かせない。

これについては既に実行済みだ。

とりあえず山田澄香の問題は大変デリケートなので後回しにして、孝は雨宮虎之介の素性に関して具申してみたのだ。

悪口でも何でもない。単なる事実だ。

しかし、である。

虎之介がいかにあやしい、不穏《ふおん》だと力説しても、仁にはまったく響かなかった。

聞く耳を持ってくれないのだ。

「うーん……」

ここへ来て、孝は頭を抱えることになった。

考えてみれば、そもそもこれまでの十数年にもわたる確執があるのだ。

仁と孝の仲は最悪だった。

もちろん、確執だなんて孝にとっては不本意極まりない。

幼い子供の頃みたいに、「兄ちゃん兄ちゃん」とごろごろ甘えたいのが本心ではあるのだが、残念《ざんねん》ながら立場がそれを許さなかった。

そこに加えて、長年のこじらせである。

結果、孝は仁を前にすると、ほぼ条件反射で好戦的、高圧的、挑発的という三拍子《さんびょうし》揃った喧嘩《けんか》上等な物の言い方をしてしまうのだ。

これ、分かっていながら自分では止められないのだから厄介だ。

正直、煽《あお》りまくった記憶しかない。

せめてもの救いは仁の方が終始冷静で、決して喧嘩を買おうとしなかったことだろう。

だが、それは言い方を替えると、まったく相手にされていないというか、あまり認めたくはないが、ほぼ無視されていたようなものだ。

そんな状態であるから、仁が孝の言葉に耳を傾けないのはある意味当然なのだ。

考えてみれば、こんな状況で見習いとして潜り込めただけでも奇跡《きせき》のような話だった。

孝は床に這《は》いつくばり、「骨董・おりおり堂」中の床に雑巾《ぞうきん》がけをしながら考えた。

まずは仁の信頼《しんらい》を得るところから始めなければなるまい。

信頼する相手が語るならば悪口だって真摯《しんし》な忠告ぐらいには昇格しそうだ。

「信頼を得る……か」

そのためにできることは何かと考えた結果、弟子としてまじめに料理に取り組む姿勢を見せるしかあるまいという結論に達した。

そこまで考えて孝は、はたと困った。

ことは料理だ。

勢いで弟子にしてくれと迫ったのはいいが、そもそも孝にはまったく料理の経験がない。

こんなことならもっと真剣に取り組んでおくべきだったと後悔《こうかい》するが、今更どうしようもなかった。

どうしたもんかなと考えていると、ぽんと肩を叩かれた。

「ええか、橘グループ。料理はな、習うもんやない。見て盗《ぬす》むもんだす」

先輩《せんぱい》風を吹かせながら関西弁（すごく下手）で言ったのは虎之介だ。

「何様だ、お前は」

と腕を払いのけたが、それはまあ一理あるかも知れない。

しかし、である。

見て盗もうにも、そもそも孝と虎之介はかさばるからという理由で出張に連れて行ってもらえないのだ。

一体何をどうやって盗めというのか。

詰め寄る孝に虎之介は肩をすくめた。

「いやいやいや、仕込みとかあんじゃん。まかない当番もあるわけだし」

「む。なるほど……」

出張先で作る料理には当然のことながら時間的な制約があり、一から十まで見せて欲しいというお客様の要望でもない限り、手間のかかる作業を仁は事前に済ませていた。

仁はこの作業をおりおり堂の住居部分にある厨《くりや》で行う。

非常に口惜しいのだが、行く当てのない虎之介は仁と共におりおり堂の二階に住み込んでおり、朝早くからの仁の作業を間近で見学しているらしい。

なんだそれ羨《うらや》ましい、と臍《ほぞ》を噛《か》んだが、今の自分の立ち位置で俺も住まわせろと申し入れるのはさすがに憚られた。

ならば始発だ。

というわけで八月三十一日、早朝からおりおり堂に出かけたところ、仁はひたすら野菜の飾り切りをしていた。

野菜が皮を剝《む》かれ、仁の手によって花や草木、挙句には鶴《つる》や亀《かめ》といった複雑な形に姿を変えていくのを眺めていると、つい口がぽかんと開いてしまう。

その後、これらの野菜には下味をつけると言って薄いだし汁《じる》で煮ていたが、この後、どうするのか、何の料理になるのか。

孝にはさっぱり分からなかった。

仁に命じられるままに鍋《なべ》を磨《みが》き、トイレ掃除《そうじ》をするのもやる気を見せるにはいいかも知れないが、もうちょっと何とかならないものか。

孝の夏休みは一ヶ月だ。

このままでは雑用の腕を磨いている内に見習い期間が終了してしまいそうだ。

仕方がない。

孝は意を決し、仁に頭を下げることにした。

この俺が？　あの仁に頭を下げる？　はっ。片腹痛いぜ――。

そんな挑発的なセリフが心に浮かんだのは、こじらせから生じた条件反射ともいうべきものだ。

「兄さん、頼む」

要《い》らんことばかり言うこじらせを力でねじ伏せ、孝は頭を下げた。

その夜、仁はおりおり堂の奥にある和室で、おばあさまのコレクションであるうつわの入った桐箱《きりばこ》を並べ、焼き物の鉢を吟味していた。

床の間に置かれた香炉《こうろ》から、柔らかな花の香りの煙《けむり》が立ち上る。

十畳ほどの部屋だ。あぐらをかいた姿勢の仁の前に座っている。

自分も同じ姿勢で座りかけたが、ものを頼む態度ではないかと思い直し正座《せいざ》をした結果、思った以上に改まった感じになってしまった。

そのまま畳に手をつく。

「俺に料理を教えてくれ」

仁が口を開く前にかぶせて続ける。

「そりゃ、鍋磨きや掃除から入るのが修業だとは分かってる。だが、俺には一月しかないんだ。頼む。このままで終わりたくないんだ」

昔習った「和室のご挨拶」のお作法どおりに深々と頭を下げた。

内心ではプライドと大義の葛藤《かっとう》が凄《すさ》まじかったが、大義が勝った。

この時の孝の姿勢、見ようによっては、ほぼ土下座《どげざ》だ。

どれだけ確執があろうとも、ここまでされて断れるわけはない――だろう。多分。

伏したままの孝の頭上で仁が溜息をつくのが聞こえた。

「何故、料理を?」

短いが、鋭《するど》い問いに孝は頭を下げたまま、うっと言葉につまる。

痛いところを突かれてしまった。

いや、この答えを用意していなかったのは完全な孝の落ち度だ。

そもそも、単に料理を習いたいというのなら、料理教室へ行けばいいのだ。

「そ、それは……少しでも仁のことを理解したいからだ」

まあまったくの嘘《うそ》ではなかった。

「俺を？」

仁の心底意外そうな声に、あ、間違ったかなと思ったが、もう後には引けない。

そのまま押し切ることにした。

「そうだ。料理は仁が一番大切にしているものだろ？　だから俺はそれを知りたい」

おそるおそる顔を上げる。

こちらを見る仁の顔は無表情といってもよかった。

やっぱりダメか。

そりゃこんな言い方じゃ警戒されるかと思ったが、これ以上うまい言葉も見つからない。

沈黙《ちんもく》が痛かった。

それでももうここまで来たら、視線を外すわけにはいかない。

目を逸《そ》らせた方が負けの気がする。

孝はひたすら仁の顔を見ていた。

再び溜息をついた仁がようやく口を開く。

「課題を二つ、出す」

「課題」

鸚鵡《おうむ》返しに呟いた。

「そうだ。まずお前にとって、料理とは何か。聞かせてくれ」

「俺にとって……？」

一瞬、何だそんな簡単なことかと思ったが、よく考えてみると、まったく答えが見つからなかった。

「んんー」

まぬけな声を出す孝に、仁は頷いた。

「すぐに答えが出るとは思ってない。考えてみろ」

「あ、ハイ」

仁は手にしていたうつわをそっと桐箱に戻す。

「そしてもう一つ。料理をするのに絶対不可欠なものとは何か知りたい」

「不可欠なもの？」

材料とか水とか酸素とかそういったものかと首を傾げる孝に、仁は表情を変えずに続ける。

「お前にとって不可欠なものという意味だ」

想定外のことを言われ、孝は口をつぐんでしまった。

不用意なことを言って仁を失望させたくないと思ったのも確かだが、本当に意味が分からず答えようがなかったのもまた事実だ。

「じゃ、じゃあその課題がクリアできれば料理を教えてくれるんだな」

孝の言葉に仁は微《かす》かに笑みを浮かべた。

「ああ、いいだろう」

よっしゃあ。そうと決まれば答え探しだ。

孝は勢いよく立ち上がった。


しかし、これは実に難問だった。

「俺にとっての料理とは？」

ずっと考えているが、答えが出ないのだ。

生きるために食べるものか？　と思ったが、それは食事だ。

では食事をするための作業か、とも考えたが、孝にとっての食事は自分が作るわけではないので、これも違う気がする。

とりあえず帰宅後、須藤に訊いてみた。

「私にとっての料理ですか？」

孝のために簡単な夜食を用意していた須藤は何ともいえない顔で手を止めた。

「私の場合は仕事の一つでしょうか。ある程度の料理スキルは執事《しつじ》として当然の嗜みでございますからね」

「そうだな。いつも世話になってるもんな。すまん」

須藤は本来、仕事上の側近なのだが、長い付き合いだし、あうんの呼吸ですべてを察してくれるので、結局便利に身の回りのことまでさせてしまっている。

須藤は眉を上げた。

「これはこれは。孝様らしくもない。私が孝様のお世話をするのは当たり前のことでございますよ」

「いや。ま、そうなんだろうけどさ……」

ちょっと須藤に甘え過ぎていたかも知れないなと孝はぼんやり考えていた。

3

九月一日。

見習い六日目。

自称「師匠」いわく、スーパーのカゴの中には宇宙《うちゅう》があるそうだ。

◆

別に頼んだ覚えもなかったが、困惑《こんわく》する孝の「師匠」に名乗りを上げたのは雨宮虎之介だった。

「ふうん。あなたにとって料理とは？　ってこと？」

「まあな。なかなか哲学的な問いだろ」

頷きつつ、孝は渡された軍手を手に立ち尽くしていた。

「骨董・おりおり堂」の建物は正面が店舗になっているが、奥に居住部分がある。

ウナギの寝床《ねどこ》とでもいうのか。

大阪や京都にはよくある形状らしいのだが、正面から見る限りでは予想もできないほど、奥に長い敷地が続いているのだ。

そして最奥には庭があった。

縁側《えんがわ》から降り沓脱石《くつぬぎいし》の上で靴を履く。

履いてきた靴をそのまま持ってきたので、当然のことながら革靴だ。

思いのほか広い庭だが、そこは夏草に侵蝕《しんしょく》されまくっていた。

雑草に覆われ、もはやジャングルの様相を呈している。

なんでこんなことにと思ったのだが、理由はあった。

本来、定期的に庭師が入っているのだが、今年の夏はいつもの庭師が脚立《きゃたつ》から落ちて骨《こっ》折《せつ》したとかでリハビリ中で、訪問が遅《おく》れているらしい。

そこまでは分かった。

「分からないのは」

思わず麦《むぎ》わら帽《ぼう》子《し》越しに後ろを振り返る。

「なんで俺が一人で草むしりをしてるのかってことなんだが」

ちなみにこの日の孝のいでたちは、イニシャルの縫い取りのあるオーダーのYシャツ。

これを腕まくりし、これまた高級オーダースーツのボトムに革靴。

そしてそれとはまったくそぐわない麦わら帽子。

首にはタオルを巻いているところである。

この格好で麦わら帽子はないだろうと思ったが、桜子の勧《すす》めなのだ。

「ごめんなさいね。こんな暑い日に草むしりだなんて」

桜子はそう言い、麦わら帽子を出してきた。

うむ。スタイリッシュな鎧《よろい》を剝ぎ取られ、麦わら帽子まで装備させられるとは。

善意という名のにこやかな笑顔になすすべもなく、武装解除させられた。

孝だってこんな仕事をさせられると分かっていたら、着替えの一つも持ってきたところだが、仁から出がけに突然割り振られたので、このような仕儀となったのだ。

ちなみに「出張料亭・おりおり堂」の予約のない今日、仁は朝から一人で山梨県《やまなし》に出かけている。

野菜農家に会いに行くのだそうだ。

山田は桜子とともに「骨董・おりおり堂」の店番だ。

よしよし、これでいいと密かにほくそえむ。

仁と山田が別行動ならば、たとえ自分に宛がわれた仕事が草むしりでも甘んじて受ける所存だ。

午前中とはいえ、ぐんぐんと気温が上がっている。

「今日でなくてもちっとも構わないのよ、孝さん」

心配そうな桜子に孝はさわやかな笑みを浮かべて首をふった。

「おばあさま。これしきのこと、俺は大丈夫《だいじょうぶ》ですよ」

あえて口にはしなかったが、孝は長い間、「骨董・おりおり堂」に足を踏み入れることはなかった。

桜子への無沙汰《ぶさた》を詫《わ》びる意味でも、この休暇の間に何かしら役に立ちたいと思っていたのは事実だ。

しかし、それが、ほぼ真夏の草むしりになったのは想定外だった。

正直、マジでこれ、俺がやんの？　と言いたいところだ。

「かえでー。孝おじちゃんが庭を綺麗にしてくれるよー。良かったな楓《かえで》ちゃん。偉《えら》いなあおじちゃんは。麦わら帽子かぶって草むしりだってさ」

まったく尊敬《そんけい》の感じられない口調で虎之介が言う。

見れば、縁側に長く寝そべり、桜子の飼い猫である楓嬢と遊んでいる。

名指しされたのは自分なので、まあ仕方がない。

「な。虎、お前さ、自分にとっての料理って何か答えられるか？」

こっちは悩《なや》んでんだよ、悩みながら草むしりに励《はげ》んでんだよ——。

気楽そうにごろごろしている男に、せめて自分がいかに難しい課題を与えられているのかを分からせるべく問う。

ヤツは楓嬢の手（前足）を持って「バンザーイ」をさせながら言った。

「簡単じゃん。おいしいもの食べるため」

「あ、え？　えらくシンプルだな」

「そんなに難しく考えるようなことかぁ？」

「いやいや、難しいんだよ」

虎之介は機敏な動作で起き上がり、寝癖のついた頭をふむと傾げた。

「孝は料理やったことねえの？」

「ないな」

草を引きながら答える。

「なんで？」

「なんでって、その必要がなかったからな」

食べることは好きだ。

おいしいものを食べるためなら、高額の支払いも厭《いと》わない。

作る人がいなければ食べられないのだから、料理人の技術に見合った支払いをするのは当然のことだ。

孝にとっての食事はほぼ外食なので、こういう結論になるのだ。

家でゆっくり食べたいのなら須藤が何か作ってくれるし、自分が料理をするという発想はまったくなかった。

「今時さあ、料理のできない男なんてダメなんじゃねえの？　それともアレか。亭主関白《ていしゅかんぱく》ってヤツ？　えーと。男子厨房《ちゅうぼう》に入るべからずだっけか。欧米の女にそんなこと言ったら、まずぶん殴《なぐ》られると思うけど」

「あのなキミ。ちょっと誤解しないで欲しいんだが。俺は料理ができないわけじゃないんだ。これまでその必要がなかっただけだからな」

胸を張って言う。

「ほおお。それはそれは」

虎之介はにやにやしながら楓の腹に顔を埋《う》めている。

「何だよその目」

確かに経験はなかったが、今の時代、検索すればいくらでも親切なレシピとサイトによっては手順を簡潔《かんけつ》にまとめた動画も出てくるのだ（と須藤が言っていた）。カレーぐらいならすぐにでも作れる、はずだ。

「んじゃ、そこはお手並み拝見ってことで、とりあえずそれ終わったらスーパー行く？」

「は？　スーパー？」

いきなりか？　いきなり料理を作るのか？

それはまずい。

予行演習なしでいきなり実践《じっせん》に入るのはリスクが大きすぎる。

黙り込んだ孝に虎之介は苦笑した。

「あ、いや。何も今日、あんたに料理を作れって言ってんじゃないから、そこは安心してくれ」

じゃあ何しに行くんだよと思ったが、とりあえず見習いといっても仁が帰ってこないことには雑用以外にすることがないのだ。

というわけで午後。須藤に持ってきてもらったシャツに着替え、虎之介と出かけることになった。

ちなみに昼食は桜子がそうめんをゆでてくれた。

「おそうめんだけじゃ足りないわね」

ということで、野菜やえびの天ぷらつきだ。

「わおぅ。日本の夏休みの昼ごはんの定番」

虎之介が喜んでいる。

そういえば子供の頃、夏休みに同じようにそうめんと天ぷらを昼ごはんに食べた覚えがあった。

だしのよくきいたつゆは桜子の手作りだ。

草むしりをしている間、厨からいい香りが漂ってきていた。

思わず手を止め、仰ぎ見ると青い空に夏の雲が浮かんでいる。

シンシンシンと聞こえるセミの声。

ああ、こんな夏休みを過ごしたことがあるなと思い出していた。

場所は間違いなくここだ。

そうめんもつゆも、さくっとした天ぷらの衣《ころも》も、カボチャの甘さやピーマンの苦み、そして実はちょっと苦手な椎茸《しいたけ》もあの頃食べたそのままの味だった。

「なんで来なくなったんだっけ……」

ぽそりと呟く。

子供の頃、孝は足繁《あししげ》くここへ通っていた。

それがある日を境《さかい》に、まったく足を運ばなくなり、そのままずっと訪ねなかった。

何でだっけ？

思い出そうとするのだが、どういうわけかそこから先の記憶には靄《もや》でもかかっているようでアクセスできなかった。

薄情な孫だと思う。

いや、そもそももっと前、孝が幼少期の頃には、こんな女性が存在すること自体知らなかった。

自分にとっての祖母は別にいるからだ。

「行って参ります」

おいしい昼食を終え、桜子に見送られ、虎之介と二人出かける。

「あっつ……」

相変わらず暑い中、バスや地下鉄を乗り継いであちらこちらのスーパーやデパ地下、個人商店が建ち並ぶ昔ながらの商店街を冷やかして回った。

冷やかして、というのがぴったりだ。

たまに目についた果物や菓子などを買っているが、基本的に興味の対象は他人のカゴの中身なのだ。

カゴの中の「物語」を知ることで、答えを導《みちび》け――。

それが孝に対する虎之介の教えだった。

面白がっているのか、面倒見のいい性格なのか。それとも単に暇なのか。

「俺のことは師匠と呼べ」

「は、なんて？」

突然、そう言われて、はい、分かりましたとなるわけないだろう。

しかも、こいつ素性は怪しいし、記憶喪失のはずなんだが。

戸惑《とまど》う孝に虎之介は「だーかーらー」と焦《じ》れたように身体をくねらせた。

「あんたに料理とは何かを教えてやろうって言ってんじゃん。喜べば？　お困りなんだろ橘グループ。俺様、救世主」

「いや、まあ、そりゃ確かに困ってはおりますがね。キミってそんなすごい能力の持ち主だっけ」

「ま、見てなって」

そう言って、虎之介が案内したのはスーパーの棚《たな》だ。

「いいか。スーパーのカゴの中は宇宙だ。物語の宝庫なんだよ」

「いやあ、しかしそう言われましてもですね……。このやり方はいささか、プライバシーの侵害というか何というか。控えめに言って悪趣味なのでは」

虎之介は孝の顔を見て、は！　と嘲《あざけ》るように笑った。

「おいおい、孝よう。ちいっと考えてみなよ。カゴの中身がプライバシーとして守られるものならこんな風にオープンな構造になってないはずじゃん」

「む……。それは確かにそうだが」

「上からだけじゃないぜ。何なら横からだって格子《こうし》越しに中身を見せつけてくるのがこのカゴのいやらしいところだ」

「え。見せつけてんのこれ？」

「ははは。知らなかったか？　あーあ勉強不足だねエリートなのにな」

これだから橘グループは、と肩をすくめて言う彼によれば、高級なスーパーではカゴの中身を巡って客同士、水面下で火花が散ることさえあるという。

「いかに高価なものをカゴの上部に載せられるかが勝負なの。あとどれだけ見栄《みば》えのするものを探せるかも日夜競ってるねマダムたち。あるいはちょいとひねりの利いたトリッキーなもので自分のカゴを彩ってよそとは違う素敵なわたくしを演出することもある」

「マジか。ってかお前、なんでそんなことに詳しいんだ？」

そう訊くと、彼は胸を張った。

「そぉりゃ、俺、永遠の旅人だからさ。答えを求めて旅してんだよ」

「高級スーパーに答えがあると？」

「どこにヒントがあるかなんて分かんないだろ」

何の答えを探しているのかよく分からないが、まあいいことにしておく。

「だから、カゴの中身は保護されるべき個人情報とはいえないわけ」

「なんと」

「たとえばあの人、よく見てみ」

見ようによってはひどく悪趣味なことをしている自覚はあるのだろう。

虎之介は小声で囁《ささや》く。

孝の耳許で、である。

しかもこれ、不自然にならない配慮《はいりょ》なのか何なのか、にこにこしながらちょっと背伸びをして孝の耳許に唇を寄せて言うのだ。

ある意味不自然ではないかも知れないが、別の意味で注目を集めてしまうのでやめて欲しい。

現に今、ターゲットとされているOL風の女性、推定《すいてい》三十歳はこちらを見て「ヒッ」と息を呑んでいた。

女子高生らしい二人組など、豆腐売り場の棚の前でこれをやらかした虎之介と孝を見て、「やべえ。マジやべえ」「モノホンだ。モノホンのBLだああ」と声をひそめてガッツポーズをしている。

その声が例のOLにも聞こえたのだろう。

うんうんと頷いている。

何だろう。

今、見知らぬ女性同士の間で不意に生まれた連帯が見えた。

これはこれで胸が熱くなる。とは思ったが、しかしそのBL云々、自分たちが対象になっているとすれば話はまた別だ。

興味本位に見るのは止《や》めていただきたいと言いたいところだが、そもそも興味本位で覗《のぞ》き見《み》をしようとしているのはこちらである。

なんかもうすみませんと思いながら、虎之介を急《せ》かしてその場を離れる。

さっきのOLだけではなかった。

虎之介は唐突《とうとつ》に耳打ちしてくる。

共通点も類似点もなく、ターゲットをアトランダムに指定するのだ。

「さて、答え合わせをしよう。はい、孝君からどうぞ」

店の外に出るや否や、虎之介が言った。

「は？」

「設問一、多分ＯＬ。カゴの中身はストッキングといちごのショートケーキに半額シールの見切り品の赤飯《せきはん》。はい物語」

「ええっ？　いや、そんな人様のプライバシーを侵害するわけには……」

虎之介は聞く耳持たず続ける。

「第二問、レンジでチンしてすぐ食べられるレトルトのごはんを買いに来た、首がだるだるのＴシャツ着た推定四十歳女性。すごーく焦《あせ》ってたよね。はい。先攻孝君、どーぞ」

「え、ええと。ごはん切らして慌てて買いにきた？」

ハアと、いかにもあんたにゃ失望しましたよ的な溜息を大きくつかれ、孝は束の間自分がとてつもない劣等生《れっとうせい》になった気分になる。

「やる気あんのかい、橘」

ついに呼び捨てにされてしまった。

「いや、だからさあ、そんな見知らぬ善良な市民の皆様の暮らしぶりを得手勝手に妄想するなど、この個人情報保護の世の中には許されないことなのではないかと思うわけですよ。いや、ホント、虎之介先生のお教えは大変ありがたいのですが」

孝が言うと、虎之介はカッと目を見開いた。

「顔を見るのではない」

一喝された。

「存在を認識すればいいのだ。顔は忘れろ。彼らは単なるアバターだと考えよ」

「は、はあ……」

というわけで、気圧《けお》されるまま、虎之介が作った彼女たちの物語を聞かされることになった。

「タマコはさ」

タマコって誰だ。

知り合いなのかと思ったら、仮名だそうだ。

「タマコは明日整形すんのさ。悲しみばかりの惨《みじ》めな生活に見切りをつけて顔を変え、仕事も名前も捨てて新しい人生を歩き出すんだ。そのために新しいパンストを買った」

何とも犯罪臭のするアンダーグラウンド設定ではないかと思ったが、面白いので訊いてみる。

「ケーキと赤飯は？」

「はあ、分かんねえかなあ橘グループ」

虎之介はそう言うと、声音《こわね》を変えた。

「今日までの惨めなあたしにさよならするのよ。それは悲しい別れじゃなくて、ニュータマコの門出を祝うバースデーでもあるんだからおめでたいの」

「なるほど……」

しかし、よく考えてみれば、ストッキングとケーキと赤飯買っただけでニュータマコにされたOLの立場は、という話ではある。

「設問二はミサエ、三十八歳の場合」

あ、まだあるんだ——。

「ミサエは働いても給料の増えない仕事に疲れていたんだ。中小企業なので福利厚生《ふくりこうせい》もないし、働き方改革なんて別世界のおとぎ話。そんなある日、マッチングアプリで知り合った四十五歳初婚《しょこん》の公務員と結婚。ラッキーにも専業主婦になれちゃった。と、喜んでいたのも束の間、二週間後に買い物から帰ると姑《しゅうとめ》が荷物とともに転がり込んで来た。なし崩しに始まる同居生活。そこでようやくミサエにも分かったんだ。夫は薄毛でデブの根暗なだけでなくて、マザコンでもあったのだと」

「なんか聞いてるだけで、いたたまれなくなるような話なんだが」

薄毛でデブの根暗のマザコンとは、女性にとって一体何重苦なのか。

虎之介が口から出任せを言っているだけだと分かってはいるのだが、あまりにも話が具体的すぎるせいでつい聞き入ってしまうのだ。

「前世でどれほどの悪事を働けばそんな外れクジを摑むんでしょうか」

「そこが人生の怖いとこ。女性だけじゃないからな。人間、ちょっとした気の迷いで地雷《じらい》を踏んでそのまま奈落の底めがけて大転落っての、普通にあるから。橘グループも気をつけた方がいい」

「いや。それ山田さんにでも言って差し上げたらどうかな」

なんで？　と言わんばかりに、虎之介はきょとんとした顔で首を傾げて続ける。

「というわけで、気が付くと家政婦扱いのこの三年。逃げ出したいけど経済的基盤《きばん》がなくて出られない。結婚式に呼んだ親戚《しんせき》や友達の顔を思い浮かべると離婚もつらい。落ち込むミサエはうっかり炊飯器《すいはんき》のスイッチを入れるのを忘れてしまった。姑は時間通りに食事をしないと健康に悪いとわざとらしく嘆いているし、夫には飯も満足に炊《た》けないのかと詰《なじ》られて、慌ててレトルトごはんを買いに来ました」

最初は半笑いで聞いていたのだが、だんだん怖くなってきた。

これ全部、虎之介の妄想なのである。

即興でこれだけのシナリオを作れるとは、もう作家か何かになった方がいいのではないか。

というか、である。

虎之介の実年齢は分からないが、どんなに上に見積もったところで二十代前半までだろう。

その程度の人生経験で、この週刊誌も真っ青な人生模様《もよう》を描き出すこいつの脳味噌には一体何が詰まっているというのか……。

「虎之介さあ、お前、覚えてるか？」

「んー何を？」

先ほどまでの迫真の語り口とは打って変わって、のほほんと振り返る虎之介。

やたら顔が可愛いだけに、余計に得体の知れなさが増す。

「お前、記憶喪失設定のはずだよな。こんなに世知辛《せちがら》い話がポンポンと出てくる時点で、すげえ無理があるんだが」

虎之介はしまったという顔をして、一瞬目を泳《およ》がせたが、すぐに何か思いついたのか、にっと笑った。

「はっはっは。やっと気付いたか。俺さあ、実はとある惑星《わくせい》の特務機関から送り込まれた工作員なんだよ」

「あ、地球侵略的な？」

「そ、さすが橘。話が早いね」

うん。褒められても一ミリも嬉《うれ》しくないけどな――。

虎之介の与太話を総合するとこういうことだ。

「つまり、来たるべき未来《みらい》、我が同胞が一人ずつ地球人に成り代わる予定なわけ。そのためには完璧に習俗を模倣《もほう》する必要があるからね。先遣隊《せんけんたい》である俺が日本人の生活態様を調査して情報を集めてるってわけ」

「はあ。それは何とも壮大ですな」

荒唐無稽《こうとうむけい》な設定はともかく、凄まじいレベルの妄想力には感服せざるを得ない。

ちなみに虎之介がどんな顔をしてこれを言っているかというと、まったく真剣《しんけん》ではなかった。

孝としてもこんな話、真実だなどとはつゆほども思っていないのだが、虎之介の方も別に信じさせるつもりはなさそうだ。

全力でふざけていますという顔で言葉を紡いでいるのだ。

飄々《ひょうひょう》としているというのか、のれんに腕押しというのか、得体が知れないというのか。

知れば知るほど謎の青年である。

スーパーや商店街を回っていて分かったのだが、どうやら虎之介は庶民の生活に疎《うと》い孝に、色んな台所の物語を教えてくれようとしているようだった。

「百万の台所があれば百万の物語があんだよ」だそうである。

それを聞いて、孝ははっとした。

「な。お前、もしかしてそのために仁にくっついて来たのか？」

通常、水回りや電気、ガスの関係者でもなければ他人の台所に入り込むことなどできないだろう。

しかし、「出張料亭・おりおり堂」ならば堂々とそれができるのだ。

地球侵略を企てる宇宙人の話はともかく、台所にまつわる何らかの情報か統計を集めるためならば、「出張料亭・おりおり堂」の見習いというのは願ってもないポジションなのではないか。

だから記憶喪失のフリをしている？

もしかすると、彼は産業スパイか何かなのではないだろうかと思ったが、では他人の台所から盗める機密とは何だろうかというところで思考は行き止まりにぶつかった。


「ちくわか……」

虎之介が呟く。

その夜、三軒目のスーパーのレジである。

すれ違った人のカゴに二本入りの煮込みちくわが七パック入っているのが目に留《と》まったのだ。

「ちくわを使ったレシピって何だと思う？　はい橘」

さっぱり分からないので「ちくわ　レシピ」で検索する。

ちくわと野菜を炒めたものや煮たもの。お好み焼きに、磯辺揚《いそべあ》げ、変わったところでは蒲焼《かばや》き風などもあった。

二人して端末を覗き込んでいると、虎之介がぼそりと言う。

「おでんかもな」

「ちくわだけでか？」

それをおでんと呼ぶのかと思ったが、究極のちくわ好きならそれぐらいするかも知れないという結論になった。

あるいは白菜と大根、ブロッコリーと豚肉ミンチのカゴを見て、「ここから導き出されるメニュー候補を挙げよ」などと虎之介は目についたものから妄想を組み立てるのに余念がない。

気がつくと孝もずいぶん毒され、同じような思考回路になっている。

「なあ」

思いついて訊いてみる。

「さっきのさ、たとえばミサエやタマコにとっての『料理』って何なんだろうな」

虎之介は香辛料の棚を眺めながらふっと笑った。

「さあねえ。ミサエにとっては義務とか？　もしかしたら苦痛なのかもしんない」

「あ、そんな後ろ向きの解答もありなのか？」

孝にとってはこれはちょっと意外だった。

何となくポジティブな答えしかしてはいけないような気がしていたのだ。

「え、なんで？　不思議か？　そりゃ世の中、料理が楽しくてしょうがないって人ばっかじゃないんじゃないの」

目から鱗《うろこ》が落ちる思いだった。

何となく世の中の主婦、というとこのご時世まずいのかも知れないので、日常的に料理を作っている人たち、としておこう。

その人たちはみな、前向きな気持ちで料理をしているのだとばかり思っていたが、中には好きではないけど仕方なくやっている人もいるのかも知れない。

少なくとも可能性はあった。

では、孝自身にとっての料理は「苦痛」かと言われるとそれも違う。

そもそも苦痛に感じるほど関わっていないし、これから先もその予定はない。

仮に結婚したとしても、先に結婚した友人たちのように家事を分担するような事態にはならないだろう。

その時間が取れないのだ。

恐らくは両親のように使用人に任せるか、あるいは外注することになるはずだ。

そう考えると、孝にとっての料理とは「無関心」というのが一番近いような気がした。

◆

九月三日。

見習い八日目。

「骨董・おりおり堂」に来客あり。

桜子おばあさまは自分の敵なのか？

そうは思いたくないのだが、これまでのことを考えると、否定はしきれなかった。

◆

午後、「骨董・おりおり堂」へ年嵩《としかさ》のご婦人が三名やってきた。

桜子オーナーの習い事のお友達が、店を見がてら遊びにきたのだ。

骨董をひとしきり見て回った彼女たちはカフェスペースに落ち着いたが、たまたまそこに仁がいた。

黙々とコーヒーを淹れている仁が桜子の孫にあたると知るや、彼女らは口々に言い出したのである。

「あらぁ、お似合いの二人ね」

「桜子さんも楽しみね。ゆくゆくは結婚なさるんでしょ？　お二人」

「ここで仁の相手としてノミネートされているのは他でもない山田澄香だ。

彼女たちがカフェに落ち着く前、骨董エリアには山田がいた。その際、桜子が自分の後継としてお手伝いしていただいている方ですとか何とか言ったのだ。

これはおばあさまが悪いと孝は思った。

孫の仁がカフェでコーヒーを淹れているところで、店を任せようとしている女性がいるなどという紹介をしては、このような誤解を受けるのも無理はない。

桜子はおほほと笑うばかりで否定しなかった。

おばあさま、そこははっきり違うと言っていただきたい――。

ちなみにこの時、孝が何をしていたかというと、カフェスペースのカウンターの中に這いつくばり、流しの下の物入れの掃除をしていた。

カウンター内は狭い。

仁の足もとに跪《ひざまず》くような形で流しの下に頭を突っ込んでいるのだ。

ほとんどシンデレラである。

別にいじめられているわけではない（はずだ）。仁はそんな陰湿な嫌がらせをするような男ではなかった。

いじめをするぐらいならば、ヤツは正面からこぶしで闘《たたか》いを挑む。

漢なのだ。

それはもう男が惚《ほ》れる男だ。

そんなことは重々承知だが、他人の評価も聞いてみたいと思ってしまったのが間違いで、耳が汚《けが》れるような話を聞くはめになったわけである。

孝は桜子のお友達が仁の男っぷりを褒めちぎるであろうことを期待して、手を止めて耳をそばだてていた。

どこのファンだって他人が自分の推しを褒めるのを聞くのは楽しいだろう。

そういうことだ。

だが、外野の評価というものは往々にして的外れなものである。

イケメンだの、素敵だのまでは良かったのだが、誰かが山田との関連を思いついたらしく、「いいわねえ桜子さんは。お若い方が二人。心強いわね」などと口にしたのをきっかけにあれよあれよという間に空前絶後の不愉快《ふゆかい》方向へ飛んでいってしまった。

これだから外野は――。

行き場のない怒りに顔がゆがむ。

そもそも、独身男女が同じ職場にいるからといって、なんで恋愛に発展するのが当然だと思うんだ。

それはセクハラではないのか。

こうなると、相手を言い負かすためのもっともらしい理屈が次から次へとほとばしり出てくるのが孝という人間の脳内構造だ。

孝は怒りに任せて立ち上がり、そのままカウンターの外に出た。

突然、カウンターの奥から長身の男が湧いて出たので、ご婦人方が目を丸くしている。

しかし、立ち上がってはみたものの、ここで冷却機能が働くのがエリートの悲しい性《さが》である。

彼女らは楽しく語らっているだけ、何でも自分の常識の範囲でしか考えられない、ある意味幸せな人たち（おばあさまは除く）なのだと己に言い聞かせ、「いらっしゃいませ。どうぞごゆっくり」とにっこり笑って頭を下げる。

孝はそのままカフェスペースを出て店の奥の居住スペースに向かった。

手には雑巾を持ったままだし、上着を脱いで腕まくりをし、ネクタイはシャツの胸ポケットに突っ込んであるというスタイリッシュにはほど遠い姿であるが、まあ仕方ない。

とりあえずご婦人方の興味をあの忌々《いまいま》しい話題から逸らすことには成功したようなのでよしとしよう。

などと考えている孝の後ろ姿に向かい、声をひそめて言うのが聞こえてきた。

孝は耳がいいのだ。

「桜子さん。今の方は？　業者さんか何か？」

うん、そうだな——。

今の自分の姿は出入りの営業マンが不手際のお詫びか何かで店内の掃除を買って出ているというのがぴったりだ。

いや、泣いてない。

しかしだ、と孝は柱の陰で立ち止まった。

実際のところ、もし桜子に男の孫が二人いるとなるとどうなんだ？

さっきの不見識な男女くっつけ理論はそう簡単なものじゃなくなるのではないか。

ほほう。さあ奥様方、どう出る？

期待したのも束の間、孝は桜子の言葉に打ちのめされることになった。

「あの方は仁さんのお知り合いで、しばらく仁さんを手伝って下さっているのよ」

ご婦人方は「あら、そうなの」と納得した様子だが、納得できないのは孝である。

嘘だろ？　と思った。

仁の知り合い？

俺は孫ではないということか……。

桜子の言葉は思った以上に衝撃的《しょうげきてき》で、孝はばくばくと心臓《しんぞう》が荒く脈打つのを感じた。

いや。無理もない。桜子がそう言うのは無理もないのだが、しかし、自分でもこの言葉が驚くほど堪《こた》えた。

本当に今のはあの優しい桜子おばあさまの言葉なのか?

口許に手を当て動揺《どうよう》を抑える。

雑巾を触っていた手だと気付いたが、それどころではなかった。

いや――。

驚くことはないのかも知れない。

自分にそう言い聞かせる。

鷹揚《おうよう》に見えて桜子は、意外ときっぱり線引きする女性だ。

何しろ祖父《そふ》が亡くなって以来、橘の家とは完全に一線を画してしまっているのだ。

橘家は複雑だ。

桜子こそが祖父にとっての本妻なのだが、仁や孝の実祖母にあたる人物は別にいる。

その辺りの事情には誰も触れようとしないので、孝とても実はよく分かっていないのだが、橘と袂《たもと》を分かった彼女からすれば、今も橘の中枢《ちゅうすう》にいる孝もまた、関わりたくない相手ということなのかも知れなかった。

「ま、まあ……それはいい。今は俺のことなんかどうでもいいんだ」

動揺を抑えて壁に寄りかかると、背中がひんやりした。

とりあえず急ぐべきは山田澄香の排除である。

たとえば出張に出かけた先でもこんな風にお似合いね、だとか勝手に夫婦だとか決めつけられているうちに当人たちがその気になってしまわないとも限らない。

一番いいのは「出張料亭・おりおり堂」の廃業《はいぎょう》だが、一気にそこまで持ち込むのは難しいだろうと思われた。

4

九月八日。

見習い十三日目。

記念すべき初出張である。

しかし、結果は惨敗《ざんぱい》。というか、勝負に勝って試合に負けたような複雑な心境だ。

だが、もしかすると、彼女が切り札になるかも知れない。

◆

九月二回目の日曜日、朝九時。

「骨董・おりおり堂」の開店前、カフェスペースで日課のミーティングが行われている。

虎之介の発案により始まった習慣だ。

ここで本日の予定が発表される。

山田が予約内容を読み上げ、全員で内容を共有するのだ。

「宇山《うやま》様のお宅で十八時よりお料理をお出しする予定です。訪問のお約束は十五時。リビングで十六時からミニコンサートを催《もよお》されます。人数は合計十人。趣味の音楽サークル仲間だそうです。宇山様ご夫妻含め三十代の方が四人、後は四十代、五十代の方がお二人ずつ。あとの方の年齢はよく分からないそうですが、大体この範囲だろうということです。アレルギーの方はいらっしゃいませんが、ゲストのピアニストさんがお肉類NGです」

孝はまじめな態度をアピールするため殊勝《しゅしょう》にもメモを取っているが、だから何だという話である。

「俺たちは二時に出る。虎と孝は任せる。好きにしろ」

それをもって朝礼は終了。

彼らが出張に行く日はいつもそうだ。

孝と虎之介はあいかわらずの留守居《るすい》を強いられていた。

出張先の誰かが肉嫌いだろうが魚嫌いだろうが、孝にとってはまったく関係ないのだ。

いいか仁。放任して弟子がすくすく育つと思うなよ、と文句の一つも言いたいところだが黙っておく。

と、そのタイミングで誰かの携帯が鳴った。

誰だよ、俺はマナーモードにしてるぞと思ったが、反応したのは桜子だった。

彼女はそもそもミーティングに参加しておらず、少し離れたテーブルで花を活けていたのだ。

「ま、宮本《みやもと》さんね。ご無沙汰しております。お変わりございませんか？」

こちらに遠慮《えんりょ》して、小声で話す桜子の声を実のないミーティングを終えた全員が聞くともなしに聞いている。

「承知いたしました。ではのちほど」

電話を終えた桜子が何とも言えない顔をしているのに気付いて山田が声をかける。

何でも隣県へ出向いての骨董の買い取り要請があったのだそうだ。

急な話ではあるが、仲介《ちゅうかい》したのが桜子の恩人であり断りづらいこと、相手が売却を希望している品物が非常に稀少な焼き物で、もしかすると文化財的価値を有しているかも知れないことから、きちんと目利きのできる人ということで桜子に白羽《しらは》の矢《や》が立ったらしい。

「骨董の買い取りってそんな風に急に話が持ち込まれることがあるんですか？」

不審感を顕《あらわ》にして訊く。

桜子によると、ごくまれにあることらしい。

今回は相手方が夕方までに現金を必要としているため、予定を合わせることができる人物を紹介して欲しいという依頼だそうだ。

「それはまた。何だかずいぶんとわけありの相手のようですね」

弁護士でもある孝の言葉に桜子が頷く。

「先にお亡くなりになったコレクターのご遺族が、相続税の支払いに充《あ》てる必要があるようなの。何だか相続で揉《も》めているそうで、急ぎ現金化の必要があるとか」

指定された時刻は午後三時。

宇山邸に出かける時間とかぶっている。

「困りましたわね。澄香さんも今日は仁さんと出張料亭ですものね。お店は午後から臨時休業にするとして……」

珍《めずら》しく桜子が言いよどむ。

「骨董・おりおり堂」は元々は桜子が一人で切り盛りしていたため、やむを得ない時には臨時休業することも珍しくはなかった。

山田が店を手伝うようになって、その回数も減ったようだが、ここへ来て「出張料亭・おりおり堂」とのバッティングが問題になってきていた。

実はこれこそ孝が目をつけている部分だった。

仁が戻り、「出張料亭・おりおり堂」を再開してから、たびたび山田が「骨董・おりおり堂」との板挟《いたばさ》みになって懊悩《おうのう》しているのを見ていた。

仁が京都に行っている間、山田は桜子にうまく取り入り、「骨董・おりおり堂」の店番をしていた。

それだけならまだいいのだが、どうもこの女、経営にまで関わっている節《ふし》がある。

つまり、仁がいない間に山田は「骨董・おりおり堂」側の人間になってしまっていたのだ。

そこへ仁が戻って来て「出張料亭・おりおり堂」を再開した。

山田としては、以前と同じ調子で出張に同行できるはずがない。

なるほど、これは使えるかも知れない――。

なりゆきをじっと見ていた孝はほくそえんだ。

この状況を逆手にとって山田を「骨董・おりおり堂」に縛り付けてしまえば出張に出られないはずだと踏んだのだ。

「澄香さん。一応、ＳＮＳに事情をあげておいて下さる？　あと分かる方にはメールもお願いね」

ふむと、孝は考える。

桜子一人ならばこんな発想も出て来なかっただろう。

事実これは骨董のお客にというより、カフェの常連に対する配慮だ。

仕事帰りにお茶を飲みに来て臨時休業では申し訳ないということらしい。

孝の見立てによると、山田が参入してきてカフェ部門の客筋が変わって来ているようだ。

山田の提案した模様替えがこうした客を呼び込んでいるのだ。

ならば山田としても、これらのお客を放っておけないはずだ。

「あ、はい……。かしこまりました」

そう返事をしながらも山田は何か言いたげな様子で、うろうろと目を泳がせている。

援護射撃をしてやることにした。

「オーナー。その買い取りというのは危険ではないのですか？　現金での買い取りをという話なのでしょう？」

文化財的価値があるのならば安くはないはずだ。そんな多額の現金を高齢の女性が一人で持ち歩くなんて危険極まりない。

どこで賊《ぞく》が狙《ねら》っているか分からないのだ。

孝の言葉に桜子がいいえと首をふる。

「紹介して下さった宮本さんという方と奥様が同行して下さいますの。わたくしがこんなおばあちゃんですから、一人で行かせるのは危なっかしいのかも知れませんわね。そこは心配ありませんの。ただ……」

桜子は山田の顔を気遣うように見やった。

「なかなかない機会なものですから、今度、こういうお話があれば澄香さんをお連れすると約束していましたのよ」

山田は何とも困った顔でこっくりと頷いた。

「ああ。山田さんが行って下さるならその方が安心はできますね。僕らとしては」

あくまで祖母を案ずる体《てい》で言うと、山田は眉根を寄せた。

「それは、私もそう思うのですが、しかしですね、出張の方が……。今日の宇山様のパーティは結構な人数が来られますし」

「山田、俺は構わない」

そう言ったのは仁だ。

「オーナーのお供をして勉強させていただいてこい」

くっそ、我が兄ながら男前だな。

凛々《りり》しい横顔に惚れそうだ。

孝は負けじと二枚目の顔を作った。

相手が相手なのでもはや望みはないに等しいというか、あんまり気は進まないのだが、一応、山田の好意をこちらに向けようと企《たくら》む変わり身の術をも完全に諦めてはいない。って、こんな言い方をするとまるで自分が山田に惚れているようだが、断じて違う。断じて違うぞ。念のため。仁を解放するために身代わりになろうとしているだけだ。

どこまでも捨て身の献身《けんしん》なのである。

「なんだ。そういうことなら俺が助手で行きますよ。山田さんにはとても及ばないでしょうけど。荷物持ちぐらいにはなれるでしょう」

孝はさわやかな表情を作り、そう言って山田にほほえみかける。

「あっ。孝だけずるい。俺も行く、俺も俺も」

虎之介が左右の手を交互に挙げてはしゃいでいるのを目の端に留めながら、孝は内心、しかし仁のヤツ一人で行くと言うかも知れないなと案じていたのだが、そこで仁が意外な行動に出た。

ふわっと、柔らかく笑ったのだ。

「分かった。こいつらを連れて行こう。山田は心配しなくていい」

笑いかけた相手は当然、孝ではない。

壁や空中でもない。

絶対に認めたくなかったが、仁は山田に向かって笑いかけたのだ。

ふわっ。ふわっ、である。

あり得ない。

孝に対しては仏頂面《ぶっちょうづら》が基本の男だ。

その仁が見たこともない柔らかい顔で笑ったのだ。

ちょっと。なんでこんな冴《さ》えない変人女に笑いかけてるのよ⁉　と混乱のあまり、嫉妬《しっと》に狂《くる》ったモブ女子みたいな感想を抱いてしまった。

山田は山田で、仁の微笑の破壊力に当てられたのか、思いっきり赤面しながら挙動不審な態度で「あわ……あわわわ。わ、わ、分かりました。でっ、では私はオーナーのお供で」などと言っている。

というわけで、まんまと山田を仁から引き離すことに成功した——はずだった。

おりおり堂の店先で仁や虎之介と並び、タクシーに乗って駅まで向かう桜子とお供の山田を見送ったのだから間違いない。

「ああ、仁さん。ホントにすみません。この山田、こんな大事な局面で仁さんのお役に立てず」

「気にするな。俺一人でも何とかなる」

いや、一人って俺らの立場は？　と言いたいところだが黙っておいた。

「ああ、あの孝さん。お願いしますね。ホントにすみません。どうかよろしくお願いしますね」

などと出かける寸前までぐだぐだ言い募っていた山田である。

うるさい。早く行けよ、そんで夜中まで帰ってくるな。山田澄香、お前は直帰《ちょっき》だ、ざまあみろと内心思いながら、軽く微笑し見送ったのだ。

今夜、孝に与えられたミッションは仁の助手である。
山田澄香め、これが貴様の分岐点《ぶんきてん》だ。
孝は密かに考えていた。
ようやくもぎ取ったこのポジション。孝は二度と山田に返す気はない。
たかが料理人の助手。誰にだってできる仕事だろう。
事実、孝の見立てによれば、この山田という女、突出した能力など何もない。
ならば、成り代わるのはたやすいことだ。
そこで今夜、この俺が仁の常識をひっくり返してやるほどの派手な大活躍をする。
助手といえば孝。
今日を限りに、仁はもう、そうとしか思えなくなるはずだ。
「いいか仁。俺なしじゃいられないカラダにしてやるよ」
力が入るあまり、トイレでうっかり怪しげなセリフを口にしてしまったほどである。

◆

「あ、孝さん。そのお皿、こちらにお願いします」

「承知しました」

山田の指示に恭《うやうや》しく頭を下げる。

目下、孝は不機嫌《ふきげん》な気分が顔に出ないよう腐心しているところだ。

現在の時刻は十七時半。

棚ぼた式で勝ち取った初出張で宇山様宅にいる。

宇山様宅はそこそこの豪邸《ごうてい》だといえた。

三階建ての家屋で、家庭用エレベーターが付属しており、垂直《すいちょく》の動線を確保している。

一階には広いリビングがあり、グランドピアノが鎮座《ちんざ》していた。

このリビングは今夜のようにミニコンサートを催したり、お客を招くための部屋だ。

隅《すみ》にカウンターバーが設《しつら》えられているものの、本格的なキッチンは二階にあるため、料理は上階からエレベーターを使って運ぶことになる。

二階のキッチンは六畳ばかりの広さがあり、水回りと収納や冷蔵庫に挟まれた中央部に大きな作業台があった。

なるほど、これならまあ仁も作業がしやすいな。

合格だ、と何に対してか分からない判定をしながら、孝は冷蔵庫の陰でメモを取りつつ、作業をする仁の姿を眺めていた。

互いに無言だ。

鍋の中身が煮える音、仁がトントンとリズミカルに包丁《ほうちょう》を使う音ばかりが響くキッチンに、階下のピアノやヴァイオリンの調べが聞こえてくる。

ついでフルートが加わる。

ぱちぱちと拍手が聞こえ、談笑する声。

このお宅では奥様がフルートを、ご主人がヴァイオリンを趣味にされており、時折、音楽サークル仲間を招いてミニコンサートを催すそうだ。

コンサートの後、ワインとともに軽い食事を楽しむのだが、その際ずっと「おりおり堂」を贔屓《ひいき》にしてくれていたものらしい。

それはいい。

優雅《ゆうが》なご趣味で何よりだ。

問題は、せっかく他県にまで追い払ったはずの山田がなぜ戻って来てしまったのかということだ。

夕方五時前になって、宇山様宅に山田がのこのこやって来た。

「え、どうしたのさ澄チャン」

いち早く山田の姿を認めたらしい虎之介の声に嘘だろと思った。

「いやあ、来ちゃいました」などと頭を掻《か》いているゾンビ女の姿にめまいを覚える。

この時点で孝が思い描いていた有能な助手像というのがある。

助手、すなわち給仕の技術。これだ。

仕込みの段階では手を出す方が邪魔になりそうで、虎之介と二人並んで仁が料理をするさまをぼんやり眺めていた。

正直なところ、調理の段階では仁は別に助手など必要としていないのではないだろうかとも思った。

仁は一人で鮮やかに料理を作り上げていくのだ。

その姿はまさに華麗。

無駄のない手さばき、足の運び。舞いを見るような美しさだ。

うっとり溜息をついたものだが、唐突に現れた山田澄香によって、世界が一瞬にして姿を変えた。

ちなみに虎之介は山田と交代する形で「骨董・おりおり堂」に戻っていった。

「えええっ。折角来たのに。俺の初出張があぁ」などと騒いでいたが、この時間から一旦休業を決めたカフェを桜子だけで開けるのには手伝いの手が必要だからと、山田に説得されて渋々帰って行ったのだ。

「なんで俺なんだよ。孝でいいじゃん」などとヤツは抵抗していたが、仁はそっと首を振り言った。

「それこそ役に立たないだろう」

「いやいや待って？　それ、俺のことか？　ちょ、ひどくね？」

思わず異議を唱えるが、確かにカフェコーナーの準備作業とは？　コーヒーぐらいならその気になれば淹れられるが、金を取れるレベルかというと疑問だ。

となれば桜子が淹れたお茶を運ぶ係？

もちろんできないことはない。

俺にできないことなんかないんだ、というのが孝の基本スタンスである。

しかし、仕事帰りのＯＬさんがほっとする時間を持つために来るような場所だ。高級スーツのエリートイケメンより、正体不明とはいえ可愛い男の子の方が相応《ふさわ》しいというのは正しい判断だ。

第一、折角得た仁の助手の座。まだ派手な活躍もしていないのに譲ってたまるか――。

「はいはい雨宮さん。帰った帰った。あんたの分はちゃんと俺が働いときますから」

というわけで虎之介はぶーぶー言いながら帰っていった。

「あ、そうだ。折角ばあちゃんと二人だし、俺、ばあちゃんにお菓子買ってもーらお」と捨てゼリフ？　が聞こえてきた。

それはそれで、何だと？　お前のおばあさまじゃないだろー、と言いたくなるような話ではあったが、まあそれは後だ。

問題は山田である。

ずっと見ていたので、仁が次の行動を起こすタイミングというのが孝にも大体分かってきていた。

しかし、簡単なものではない。

たとえば、仁が持参したまな板の上でこれまた持参した愛用の包丁で何かを刻んでいるとする。

最後まで刻み終えて、さあ終わり、ではなかった。刻み終える前に、既に仁の身体は次の動作に移っているのだ。

ごく僅《わず》かな動きだ。よくよく注意していなければ分からないだろう。

仁の視線なのか、微かに揺らぐ肉体の波動《はどう》か何かか。

何となくだが、もう次の作業への準備動作が始まっていることは分かるのだ。

ただこれ、次に仁が何をするのかや、彼がどんな助力を求めているのかまでは分からなかった。

美しい翅《はね》を持つ昆虫《こんちゅう》がまさに今、飛び立つのを固唾《かたず》を呑んで見守るようなものだ。

くるぞくるぞ、さあ飛ぶぞということは分かるが、向かう方向までは分からない。

ところが、である。

なんと、この山田にはその行く先が分かっているらしいのだ。

仁が次の動作に移る時、山田は既に必要な準備を調《ととの》え、さっと差し出す。

絶妙のタイミングだ。

どう見たって、仁のリズムを我が物にし、向かう方向さえもすべて完璧に把握《はあく》していた。

つまり山田がいることで、仁は予備動作を行う必要がないのだ。

一切のストレスもロスタイムもなく、次の作業に移ることができている。

時間にすればわずかなものだ。

仁が一人でする作業がそもそも、目にも留まらぬ早業《はやわざ》なのだ。ロスタイムがあったところでコンマ何秒とかのレベルだろう。

しかし、孝は見た。

一人で作業していた時、仁の動きは流麗だ。流れるようになめらかな動きでありながら、ほんの一瞬、仁が顔を顰《しか》めることがあったのだ。

それが、山田が参入してからというもの、その微かな苛立《いらだ》ちがなくなっていた。

認めたくない。認めたくはないが、絶妙のコンビネーションといわざるを得ない。

料理をする仁は無言だ。

山田に言葉で指示することはほぼないのに、山田は的確なアシストを行っている。

これはいかん。ゆゆしき事態だ。

孝は一人でメモを片手にやきもきしていた。

くそう。この女、ゾンビのくせになんて技能を身につけているのだ。

これが経験の差なのか。打ちのめされた気分で肩を落とす。

いや、しかしと気を取り直した。

これは単に時間的なものではないか。

仁の助手を長く務めたがゆえ、山田が自然に体得したものに違いない。

死んでも相性によるものだとは考えたくなかった。


さて、定刻、六時である。

「孝、山田と一緒に下に料理を運んでくれ」

「承知した」

というわけで出来上がった料理をワゴンに載せてエレベーターでリビングに運ぶ。

リビングの隅にテーブルが置かれ、そこに飲み物やグラス、取り皿などが用意されている。あらかじめ料理を並べておき、各自が好きなものを取るビュッフェ形式だ。

「失礼いたします」

静かに声をかけ、頭を下げる。

ワインの瓶を手にざわざわと談笑している男女の間を縫ってワゴンを押した。

宇山の奥様はフラワーアレンジメントを得意としているそうで、リビングのそこかしこに花が飾られている。

孝にはよく分からなかったが、赤やオレンジ色の花のかたまりに、同系色のキャンドルなどが白いテーブルクロスをかけたテーブルに飾られていた。

そこに仁の料理が並ぶのだ。

仁は料理にかかる前にまずこの花や飾りを見て、奥様と何か打ち合わせていた。

小さなグラスに入ったウニやほたて、カラフルな野菜をちりばめたカクテルのような前菜。

野菜やサーモン、肉などをサイコロ型のピンチョスに仕立てたもの。

パイ生地を使ってミルフィーユ状にした茄子《なす》と挽肉《ひきにく》。

車海老《くるまえび》の赤やパプリカの黄色、アスパラ、ズッキーニの緑をカラフルにゼリーのドームに閉じこめたもの。

ガラスの長い皿に散らした紫《むらさき》や白の食用花に彩られた、細かい細工を施した野菜、鴨《かも》肉、琥珀色のジュレ。

珍しいところでは秋刀魚《さんま》のテリーヌ。サーモンのタルタルに鱚《きす》のフリットなど。

「今夜のお料理は私のテーブルコーディネートと合わせてもらったんだよね」

年齢の割にカジュアルというか、意外に幼い喋り方をする奥様の言葉に女性客たちがわっと沸《わ》いた。

「コラボってことよね。すごーい。こういうのが出張料亭のいいところだよね」

「私のためだけのお料理って感じ。特別感がすごい」

「完全オリジナルだもんね。いいなあ」

ゲストの女性たちがスマホのカメラを向けながら口々に言う。

確かに美しい料理だ。フレンチの名店もかくやという出来だ。

しかし——。

孝はつい表情が曇《くも》るのを感じた。

正直なところ微かな嫌悪感を拭えなかった。

あまりにも媚《こ》びすぎなのではないかと思ったのだ。

仁は誇り高き和食の料理人のはずだ。

それがこんな少女趣味というか、フォトジェニックな料理を作らされて嬉しいのか？

もしそうだとすると、仁という男も大したことがないと思わざるを得ない。

客も客だ。いったい仁がどれほどの料理人か分かっているのか。

「しかし、意外な気がしますね」

料理を並べ終え、空のワゴンを押しながらエレベーターに乗る。

ちなみに並べ方は山田の指示だ。

当然、後から仁が来て修正するのだろうと思ったら、そのままだった。

はア？　仁のヤツ、こいつのこと信用しすぎなんじゃないのか、と孝としては大いに不満である。

ぽうっとエレベーターの天井を眺めている山田に向かい、孝は皮肉を隠さず言った。

「出張料亭というからには、もっと料亭みたいな料理を作るんだと思っていましたので」

山田は、あーと奇妙な声を上げ、同意するように頷いた。

「そうですね。もちろん、そんなご依頼もあるんですけど……。休業期間が長かったので、今は以前のお客様たちに順番にお招きいただいている感じなんです。だからカジュアルなオーダーが多いというか。遊び心に溢《あふ》れているといいましょうか」

カジュアルねえ……。

孝はわざと呆《あき》れたような声を出した。

「でもこれ、今日のメニューなんてほぼフレンチですよね。和食ではないな」

「いやぁ、そうですか？　創作和食の範疇《はんちゅう》だとは思うんですけど……。孝さんも味見させてもらえば分かりますよ。仁さんのお料理のベースはあくまでも和食ですから」

味見？　味見と言ったかこの女。

そんなありがたくももったいないことを、大の男が簡単に頼めるとでも思っているのか。

これだからゾンビは困ると思いながら、少々嫌みの度を増して言う。

「なおさらもったいない気がしますね。兄ほどの和食の腕を持つ料理人がこんなことをさせられているのはどうにも違和感がある」

「あーでも、それが仁さんのやり方なので。私は仁さんに従います」

きっぱりした口調で言われて面食《めんく》らった。

この山田という女、仁の前ではしおらしいというか挙動不審なのだが、孝の前では意外とはっきりものを言うのだ。


さて、そんなわけで予定外の山田がいるが、いよいよ助手・橘孝の見せ場がやってきた。

山田に命じられ、取り皿の交換に行くと、女性陣に囲まれたのである。

これは逆に山田に格の違いを見せつけてやるチャンスかも知れない。

「あの、これ、すごくおいしいですけど、ソースに入っているのって何ですか？」

「ああ、こちらはヴィネグレットソースでございます。本日は松の実をすり潰《つぶ》したものを入れております」

「わあ、そうなんですね。じゃあこちらは？」

孝はにっこり笑う。

「今夜はフレンチ風に仕立てておりますが、橘は元は和食の料理人。そちらのソースの隠し味は抹茶《まっちゃ》でございますね」

「抹茶。ええっ。全然分からなかった」

「けど、言われてみればそうかも」

「すっごーい。さすがよねえ」

「じゃあ、こちらのこれは何という料理ですか？」

「どうやって作るんですか？」

食材や調理法などを淀《よど》みなく答えていく孝に女性たちが華やいだ歓声を上げる。

「あの……？　お料理全部覚えてらっしゃるんですね」

あの、のところで手のひらで孝を指しているのが分かったので、頭を下げる。

「本日、橘の助手を務めております。橘孝と申します」

「あのっ。仁さんの弟さんって本当ですか？」

不意に訊かれた。

誰だよ余計なことを言ったのはと思ったが、仁が男性助手の同行について許可を取る際、孝の素性を明かしたものらしい。

ちなみに虎之介はインターン、孝は社会見学と言われていた。

社会見学て――。もうちょっと他に表現はなかったんかいと言いたいところだが、仁の弟と紹介されたことが嬉しく、細かいことはどうでも良くなった。

「あ、はい。そうです。いつも兄がお世話になっております」

「こちらこそー。でも、さすが仁さん。弟さんもイケメンなんですね」

「そんなことは……」

内心、当たり前だろと思っているが、一応客商売なのだ。微笑《びしょう》しておく。

「でもすごいです。弟さんも料理のこと全部分かってるんだ。本業じゃないんですよね」

こんなこともあろうかと、仁に根掘り葉掘り質問して片っ端からメモし、頭から全部、丸暗記してきたのだ。

「社会見学とはいえ、兄の助手を務める以上は当然のことですから」

口調や態度は謙虚《けんきょ》ながら、内心絶対的な自信を持って言う孝に、女性陣の目がきらきらと輝《かがや》く。

ダイレクトに向けられる純粋《じゅんすい》な好意の束だ。心地よくもあり、少々怖いくらいでもあった。

「孝さんって、執事っぽいって言われませんか？」

一人の質問にきゃーっと声が上がる。

上品な集まりかと思ったがそうでもなかった。三十代とか四十代の女性に酒が入ると遠慮の文字はどこかにすっ飛ぶようだ。

「はあ、執事ですか？」

「だって、立ち居振る舞いも完璧だし、おまけに有能って。こんな執事がいたらどれほどいいでしょう」

須藤を思い浮かべて困惑していると、別の誰かが言う。

「ご存じでしたか？　今、執事カフェっていうのがあるんですよー」

「はは、そうでしたか」

何となく評価の方向性が違うような気もするが、とりあえず給仕をするのが助手ならば、女性客の心を摑むのもまた助手の仕事だろう。

女性陣に囲まれてちやほやされている孝はちらりと山田の姿を目の端に捕らえた。

どうだ。思い知ったか。助手としてもあんたなんかとは格が違うんだぜ、と思ったのだが、山田はこちらに気付く様子もなく、うろうろしているばかりだ。

落ち着きのない女だ。

何かを探しているようでもあり、暇を持て余し奇行に走っているようにも見える。


「あの、孝さん」

女性たちからようやく解放されて正直ほっとしていると、山田に声をかけられた。

山田め、いよいよ自信喪失したか、後は荷物をまとめて田舎《いなか》に（あるのかどうか知らない）帰るだけだなと思ったのだが、彼女が持ち出したのは想定外の話だった。

「え。丹羽《にわ》様……ですか？」

丹羽という女性が何か食べているのを見たか、というのだ。

誰だそれはと思ったら、ピアニストの女性らしい。

「どういうことです？」

今夜の食事はテーブルの上にあるものを好きに取って食べるもので、ホストの夫妻とゲストたちが談笑しながら飲んだり食べたりしている。

料理は次々に売れていき、できたての新しい料理を順番に追加で運んでいるところだ。

はっきり言って、誰がどれだけ食べているのかなんてまったく分からなかった。

山田によれば、丹羽様、つまりピアニストの女性は肉類が食べられないらしい。

なるほど、そういえば朝のミーティングでそんなことを聞いた気もする。

「ちょっとよく分かりませんね」

孝が言うと、山田は頷いた。

見ていると、山田は歓談している人たちの間を縫って、さりげなく一人の女性に近づいていった。

この時、孝は初めて彼女、丹羽エリカという名のピアニストを見た。

「え……」

息を呑む。大輪《たいりん》の花のような美しさだ。

今回、ピアニストだけはプロを呼んだのだと先ほど奥様から聞いていた。

しかし、コンサートの間は二階のキッチンにいたうえ、女性たちの相手で手一杯で、その輪に加わっていない人にまで目が行き届かなかったのだ。

丹羽エリカはホームコンサートだからだろうか、ドレスではなく光沢のあるグレーのワンピース姿だった。肩までの髪をカールさせ、真珠《しんじゅ》のネックレスと揃いのイヤリングが上品だ。

清楚《せいそ》ないでたちのせいか、一見すると地味にさえ見えるのに、その微笑みは花がほころぶようなのだ。

さらに口許のほくろが妖艶《ようえん》に見えるのがちょっとアンバランスで妙に心惹かれる。

正直、彼女と並んだ山田が気の毒というか、ヤツがお笑い担当のように見えた。

丹羽と何か話していた山田はにこやかにその場から下がり、二階に戻る。

追いかけて入ったキッチンでは、山田が仁に何か進言しているところだった。

ここで孝は山田が重要な役割を果たしていることに気付かされたのである。

この家の構造では、二階のキッチンにいる仁は隔離されているのも同然だ。

つまり、仁からするとお客様方のリアクションがまったく見えないわけだ。

それを補うためなのか、山田はキッチンとリビングをこまめに往復して、リビングの状況を仁に伝えていた。

どんな料理が人気で、どの人がどれだけおかわりしていたとか。

どの飲み物とどの料理が合うと皆が盛り上がっていただとか。

お客様が料理のどこに驚いているとか。

あまりのおいしさに感激している人がいるとか。

仁さんの噂話《うわさばなし》をしているとか。

今日のパーティに「出張料亭・おりおり堂」を選んだことを褒められた奥様と旦那様はすごいドヤ顔をしていたとか。

そんな話をするのだ。

正直なところ孝は、山田よく喋るなと呆れながら見ていたのだが、なるほどこれは必要な情報らしい。

そして、孝は山田澄香という人間の観察力にも驚かされた。

山田は給仕をしながら、さりげなくゲスト一人一人の表情を見ているのだ。

だから、丹羽という女性がほとんど何も食べていないことにも気付くことができたのだろう。

あれは奇行ではなかったのか――。

孝は臍を噛んだ。してやられた感がすごい。

山田の報告を聞いた仁は料理の手を止めて、しばらく考えていたが、すぐに作業を再開した。

別の皿が用意され、これまでに出されたメニューと似てはいるが、どこか違う様子のものがどんどん盛られていく。

仕上がった皿を手にキッチンを出る山田の後を追って孝は階段を降りた。

山田はごくさりげない顔で、ひっそりと部屋の隅に立っている丹羽に手渡した。

丹羽が感激した様子で何度も何度も頭を下げている。

一礼した山田が踵《きびす》を返すと、丹羽は早速料理に手をつけ、ぱあっと顔を輝かせた。

それを見た周囲の女性が何か話しかけ、驚いた顔になる。

「今のはどういう？」

二階へ戻り山田に訊くと、山田はちらりと仁の顔を見た。

仁は知らん顔をしている。

「あのですねー。情報の精度がイマイチと言いますか、丹羽様、実はお肉だけではなくてお魚もダメだったそうで……」

「は？ ならば、今日のメニューはほぼアウトなのでは」

「そうなんですよ」

なので彼女は食べるものがなく、何も口にしていなかったわけだ。

彼女はサークルの仲間ではない。ゲストといえばいえるが、考えようによってはギャラで雇われたピアニストでもあるわけだ。その立場ではなかなかわがままは言いにくい。

「今日のお料理の出し方だと、意外と周りには気付かれないんですよね」

確かにまあ、写真を撮るのに忙《いそが》しかったり、ワインを持ったままピアノを弾きに行く人がいたりと、割とフリーダムな面々ではあった。

「じゃあ、山田さんだけが気付いたってことですか？」

「はは。まあそうですかね」

頭を掻く山田に、仁が笑っている。

いやいや、ちょっと待て。何ですか優秀な助手アピールですかと思ったが、確かに孝はそんなことまったく気付かなかった。

仮に気が付いたとしても、そこまで好き嫌いがある方が悪いだろうと思って放置していたに違いない。

山田の進言により、仁は豆腐や野菜だけで似た料理を作ったのだ。

「いつもそこまでするんですか」

呆れ交じりの孝に山田がいやあそんなと手を振った。

別に山田を褒めたつもりもないのだが、この女、孝の観察によると、どうやら過分に褒められた（と本人が思った）時に照れるようだ。

そして、その際の動作がやたら大げさで、挙動不審に見えるのだ。

「いつもはアレルギーの有無だとか好き嫌いなんかは事前のヒアリングで把握するようにしているんです」

なるほど、それならばこちらも対応が可能だ。

「今回みたいにゲストが多い場合は、なかなか全員の意向や嗜好《しこう》まで確認できませんから。

どうしても主催者様の情報に頼るしかないんですよね」

「今後の課題だな」

ぽつりと仁が言い、二人で対策を練り始めてしまった。

孝は舌打ちした。

そんな風に真摯に取り組む様子を見せられては、仁をこちら側に連れ戻しにくいではないか。

まあいい、それはそれだ。

それよりも、この敗北感をどうしてくれようか——。

橘孝、よもやこんな挙動不審の冴えない女に大敗を喫《きっ》するとは思ってもみなかった。

しかも「助手力」においてである。

そんな土俵《どひょう》に自分があがっているだけでも不本意なのに、なんの取り柄もなさそうなこんな女に勝てないとは。

考えていたよりずっと山田は優秀な助手のようだ。

これは誤算だった。

こんな風に二人三脚で出張料亭を切り盛りしてきたのだとすると、こちらが考えている以上に仁と山田の絆《きずな》は強固なものなのかも知れないと思ったのだ。

うちひしがれつつ階下に戻ると、何か話していた宇山の奥様と丹羽エリカがこちらを見て顔を輝かせた。

「孝さん、感謝します！　危うく大切なゲストの方をお腹空《なか》かせたまま帰らせてしまうところでしたー」

「恐れ入ります」

相変わらずフランクな奥様の対応に孝は苦笑しながら、頭を下げる。

だが、それは私ではなく、山田の手柄なんですがねーと思ったが黙っておく。

「本当にごめんなさい。私のわがままでお手を煩《わずら》わせてしまいました」

「喜んでいただけたなら良かったです」

頭を下げながら、孝はちょっと身震いした。

エリカの美しさは独特だった。

真正面から見ると凄絶《せいぜつ》といってもいいような美しさなのに、決して主張しすぎることがない。

たとえていうならば、自分の手の中でだけ咲く花のような、男の支配欲や独占欲を刺激する、不思議な魅力があった。

「でね、孝さん。仁さんにお礼を言いたいとエリカさんがおっしゃるもんだから」

奥様の言葉を聞きつけ、他の女性たちも集まってくる。

「私も仁さんに挨拶したいわ」

「じゃあみんなでキッチンに行きましょうよ」

「わっ、それ素敵。お料理されているところ見たいわ」

「是非是非、お願いしまーす」

「え、え？」

慌てて救いを求めるべく山田を見ると、山田はにっこり頷いた。

「かしこまりました。橘に先触れして参りますね」

言うが早いか、階段を駆け上っていく。

そして今、孝は女性三人に囲まれてエレベーターに乗っていた。

一度に全員は乗れないので第一陣が先に上がった後続である。

「孝さんも料理人を目指すんですか？」

奥様が言う。冗談でもやめて欲しい。

「いえ、私は兄の補佐が天職だと思っておりますので」

などとそつなく話を合わせているうち、二階に着いた。

キッチンでは仁が先に着いた女性たちを相手に簡単な説明をしているところだった。

完全に手が止まっている。

仁はにこやかに応対しているが、職人気質《かたぎ》の料理人としては決して愉快なことではないはずだ。

その仁がこちらにちらりと視線を寄越し、孝はどきりとした。

流し目である。同じ男の、しかも兄の流し目にドギマギするとは何事かと思ったが、目が離せない。

さすが我が兄、男前だと思った次の瞬間《しゅんかん》、仁の目が大きく見開かれ、孝は一瞬焦った。

だが、仁が見ているのは自分ではないと気付いて、はっとする。

仁が見ているのは孝の傍《かたわ》らに立つ丹羽エリカだった。

お？　と思った。美女に目を奪われるとは、仁もやはり男だということか。

丁寧《ていねい》に礼を言うエリカの顔を仁は凝視している。

そしてエリカの方もだ。

エリカの瞳は黒い宝石のようにきらめいている。その瞳が上気したように潤《うる》んで、じっと仁の顔を見つめているのだ。

孝は再び、お？　と思った。これはもしかしてもしかするのではないか。

今、自分は人が恋に落ちる瞬間というものを見ているのかも知れないと思った。

エリカの素性が分からない以上、迂闊《うかつ》なことは言えないが、しかし、仁が一時的に付き合うぐらいは許されるだろう。

じゃあ二人の仲を取り持つか？

そうすれば、少なくとも山田を排除することはできるだろう。もっとも超絶鈍《ちょうぜつにぶ》い山田は、今、目の前で起こっていることにまったく気付いていないようだが。

仁だって、こうやって美女に心奪われるまともな部分もあるのだと胸を撫で下ろす。

仁ほどの男だ。いくら身近にいるからといって、山田如《ごと》きに甘んじなければならない理由などどこにもないはずだ。

しかし、これ放っておいてはダメだなと孝は痛感していた。

断言してもいいが、仁から行動を起こすことは絶対にない。

そう思ったのには理由があった。


宇山様宅の宴《うたげ》がお開きになった後で、孝はとんでもないものを見せられることになったのだ。

ゲストの皆様が帰られた後、片付けをしていた時のことだ。

ガタン。ゴンッ、とすごい音がした。

エレベーターから二階のキッチンへと向かう廊下《ろうか》の曲がり角にあたる場所からだ。

「きゃっ」と奥様の小さな悲鳴に続き、「ふぁっ。痛っ」と絶妙に可愛くない声が聞こえた。

「ご、ごめんなさい。大丈夫ですか？　お怪我《けが》をなさいませんでしたか」

「あー大丈夫です。ちょっと当たっただけですから」

慌てて見に行くと、恐縮《きょうしゅく》する奥様に、山田が額をさすりながら答えている。

これ、いったい何が起こったかというと、コンサートのために一時的に変えていた絵の位置を元に戻そうと手を伸ばしかけた奥様がよろけ、そばにいた山田澄香の額に額縁の角がヒットしたのである。

おいおい。目の上に額縁の痕《あと》ついてるぞ。危ねえ——。

「孝、頼む」

「は？　え？」

何を頼まれたのかと理解する間もなく、仁に押しのけられ、恐縮する奥様の前に引き出された格好だ。

奥様の対応を孝に押しつけておいて何？　仁は？　と見ると、山田澄香をキッチンの隅へ連れていっている。

「あ、山田は大丈夫のようですので。どうぞお気になさらず」

などと奥様に言いつつ、孝の地獄耳は二人の会話を拾っていた。

「大丈夫か、山田。見せてみろ」

仁の声に山田がひいいっ、と悲鳴を上げる。

「だ、大丈夫です。ちょっと打っただけなんで」

「馬鹿。傷になったらどうするんだ」

いや、それほどの怪我ではないのでは？

いくら何でも心配しすぎなんじゃ……。

そう思った孝はつい彼らの方を振り返る。

そして、見てしまったのだ。

山田の前髪を指で掻き上げたところで、仁が固まっているのを。

よくよく見れば、二人して真っ赤になっている。

額の怪我を見るために前髪に手を伸ばし、掻き上げた。そこで自分たちの接近具合に気付いて、固まった、と。

あーのーなー。

ＯＫ、誰か拡声器を持ってきてくれ。

大声でツッコミを入れたい。

どこの中学生カップルなんだよぉお前らは。いや、今時、中学生の方がもっとマシなんじゃないか。

何かもう、果てしなく疲労感を覚えた。

仁もさあ、ちょっと頼むわ。マジで頼む。

あんたいくつよ？　まったくひどい恋愛レベルだ。孝は頭痛を覚えた。

なんだろう。なんかむずむずする。

甘酸っぱいものを見た。そこまではいい。しかし、その甘酸っぱい当事者が共に三十路《みそじ》を超えているとなると、これはちょっともういかがなものか。

なんかこの二人、百年かかってもくっつく心配はない気がしてきた。

って、それはそれでどうなの。

もちろん、こっちにとってはその方が都合がいいのだが、なんかひどい。とりあえずひどい。

あまりにひどい有様に見ている方が語彙力《ごいりょく》を失う。

絶対に応援する気も、認める気もないはずなのに、あまりにひどい恋愛レベルに外野がやきもきするという斜め下の状況である。

いやあ、ホントひどいわ、と薄ら笑いとともに宇山家を辞してきたわけだが、しかし、よくよく考えれば喜んでいる場合ではなかった。

これ、やっぱり仁の方にも好意があるじゃないか。

やべえ。

くっつく、くっつかないは別としてやばい。

ある意味、両思いというヤツなのでは。

両思い、って言葉、中学生の時以来初めて使った。大人のはずの二人の恋愛レベルの低さに衝撃を受けた結果、こっちまで退行してしまったようだ。

しかし、これは戦略の見直しを強いられる局面である。

さて、どうしたものかなどと考えていると、「骨董・おりおり堂」に着いて荷物を下ろしたところで思い出したように仁が言った。

ちなみに孝は一人、地下鉄で帰ってきた。

「そういえば山田。今日のオーナーのお供はどうしたんだ」

「あっ、それがですね。取引が中止になりまして。すぐにとって返して宇山様宅に向かったという次第でして」

「中止？　何故です」

思わず訊いた。

「はあ。売却希望の方をオーナーが説得されたんです」

何でも、相続を巡って兄弟姉妹が揉めているうちに相続税の納付期限が近づいてきたため、長男の一存で骨董を全部売り払おうとしたものらしい。

今日中にと言っていたのは、長男が急な出張で明日から二週間海外に出ることになったため。それまでに決着をつけてしまうべく急いだからだそうだ。

そりゃそうだろう。

実はその情報を孝は事前に把握していた。

その上で少々策を弄《ろう》したのである。

「それでよく説得できましたね」

まだ店に残っていた桜子に言うと、彼女は少し首を傾げた。

「説得というほどのことはしていませんのよ。お話をよくきけば期限といってもまだ一月以上あるそうですし、出張から戻られて、もう一度話し合いを持っても遅くないのではないかと申し上げただけですわ」

「それって結論を出すのを先延ばしにしただけのようにも思えますが」

山田はともかく、高齢の桜子にとって何度も出かけるよりは一度で決めてしまった方がいいはずだろう。

「どうせ売ってしまうつもりなんでしょう？　その人たちは」

骨董は物によっては確かに高価であるし、収集家にとっては喉《のど》から手が出るほど欲しいものでも、興味がない人にとっては小汚い、ただ古くさいだけのものとしか思えないことも珍しくはない。価値の分からない人間には、まったく無価値のものなのだ。

そのようなことを疑問の形で言うと、山田が何とも言えない顔をした。

「私もそう思ったんですけど、オーナーが先様に、ここで売却を決めてしまえばあなた方はきっと後悔されますよとおっしゃったんです」

孝は驚いて桜子の顔を見直した。

「それは何故です……というか、おばあさまは何故そう思われたんです？」

桜子は優雅な手つきでお茶を淹れながら、ほほほと笑った。

「いえ、あちらのご家族はまだ話し合いの途中《とちゅう》のような気がしただけですよ」

仮にも弁護士資格を持つ人間として、孝は桜子の言葉に軽く嫌悪を覚えた。

これだから素人は困る。

相続の現場がどういうものかも分からないで感情論で綺麗ごとを口にするが、揉めている連中には、話し合いの途中も何もあったものではないはずだ。

桜子は一月後に話し合いが出来ていなければ同じ条件で買い取る約束をしてきたのだそうだが、そんな優しげな配慮は余計に情況をこじれさせるだけのような気もする。

「わたくしは後悔して欲しくないだけなの」

桜子は孝の前に湯飲みをことりと置いて笑った。

「何かに急かされて判断を急いでしまうと、後で悔いたりしますでしょう」

桜子の言葉には何か含みがあるような気がする。

「孝さんならよくご存じなのではないかしら」

その言葉に孝は内心の動揺を押し隠しお茶を口に含んだ。

香り高い玉露《ぎょくろ》が喉を落ちていく。

おばあさま、それはどういう意味で言っておられるのか？

まさか、俺の画策などすべてお見通しということなのか？

そういえば、と思い出す。

桜子は友達に孝のことを孫だとは言わなかった。

もしかして、自分はとんだ考え違いをしていたのではないかという気がした。

ここは敵の牙城《がじょう》なのかも知れない。

自分はわざわざ敵陣に飛び込んで、策を弄しているつもりが、その実、この人の手のひらの上で踊《おど》らされているだけではないのか。

急に桜子が恐ろしく思えてきた。

もしかして、桜子を祖母だと慕っているのは自分の一方的な感情に過ぎず、向こうからすれば可愛い孫に仇《あだ》なす敵だという認識なのかも知れないと思う。

考えてみれば、桜子は仁が橘に戻ることを歓迎《かんげい》するはずがないのだ。

まろやかな甘みがあるはずの上等な玉露がやけに苦く感じられた。

5

九月九日。

見習い十四日目。

山賊《さんぞく》の宴。

またしても敗北感を覚える。

◆

九月九日は重陽《ちょうよう》の節句《せっく》だ。

今日は夕方から「出張料亭・おりおり堂」一番のお得意様宅に出かけることになっている。

中秋の名月には少し早いが、月見の宴を兼ねているそうだ。

朝ミーティングで山田が言った。

「今日の出張は先様の了承をいただいていますので、孝さんと虎君、お二人ともご一緒にどうぞ」

「え、マジで？　やったー。月見？　月見団子？　月見バーガー？」

などと虎之介は喜んでいるが、孝としては少々気が重かった。

昨日、宇山様宅のパーティで助手としての能力不足を散々思い知らされたばかりなのだ。

とはいえ、これ以上、仁と山田の絆を深めさせるわけにはいかない。

いささか自虐《じぎゃく》的とも思えるが、疲れた心に鞭《むち》打って出かけなければならなかった。

仁と山田はおもちゃのような車で現場に向かうという。

狭い車内で二人きりにさせたくないのだが、相変わらず仁は助手席に人を乗せたくないようだ。

まさか後部座席に三人ひしめき合うわけにもいかないので、とりあえず虎之介を間に入れておいて、孝は電車とバスを乗り継いで向かうことにした。

「骨董・おりおり堂」からでは乗り継ぎの便が悪く、車より時間がかかるだろうからと一人早めに出る。

夕方近くになってもあまり気温が下がらない。

相変わらず九月とは思えない暑さだ。

スーツ姿で歩いていると、虎之介の言う放熱テロが思い出されて孝は口をへの字に曲げた。

自分の愛車ならばあっという間に着くのだが、これも修行かと耐《た》えている。

かなり早く出たつもりだったが、地図アプリと目的地らしいマンションを見比べているタイミングで、仁のミントグリーンの車がやって来た。

目指すのはガラスブロックにコンクリート。絡んだツタの緑が印象的なデザイナーズマンションだ。

洒落《しゃれ》た建物だ。

一階がカフェにもなっている。

上階は居住用だけではなく、建築設計事務所やデザイナーのオフィスもあるようだ。

建物の前に停められた黄色のポルシェを見て、虎之介が色違いのポルシェの歌を歌い出した。

その歌知ってる。昔の国民的女性歌手の歌だ。

しかし、それは孝とて近代日本のサブカル歴史として知っているだけだ。

虎之介の年齢で知っているはずがあるか。

相変わらず謎な男だ。可愛すぎる顔とあいまって、ちょっと不気味ですらあった。

お客様の部屋の前に立つと、微かにお香の匂いがする。

モダンなマンションに住みながら玄関先でお香を焚《た》くとは、なかなかに風流なお人柄らしい。

玄関ポーチには手入れの行き届いた観葉植物が置かれている。

大きなモンステラの鉢、吊《つ》り下げられたバスケットからは緑色のつぶつぶした多肉植物が洒落たカーテンのように垂《た》れている。

部屋の感じからすると、デザイナーか何かだろうかと思った。

そういえば、ミーティングの際、本日の会合について聞かされたのは人数だけだった。

お客様がどういった人物なのか、どういった集まりなのか聞いていていない。

孝は何となく、センスのいい大人の女性を想像していた。

――のだが、次の瞬間、山田がインターホンを押すと、中から「はーい」と応じたのは野太い声だった。

果たして、扉の陰からぬっと現れたのは身長二メートル近いレスラー体型の男だった。

うぉっ、と息を呑む。

着流し姿だ。

和服にはさほど詳しいわけではないし、あまり着る機会もないのだが、亡くなった祖父からもらった着物のほかにも何枚か誂《あつら》えたものを持っているので分かる。

紬《つむぎ》だと思うが、かなりいい品だ。

それにしても孝の身長では自分よりでかい人間に出会うことなどそうそうない。人の顔を見上げること自体が珍しい。

順に視線を上げていってびっくりした。

金髪角刈りで顔面に派手なメイクを施している。

「いらっしゃーい。いやーん。何これー」

いきなりの嬌声《きょうせい》に耳がキーンとした。

「男前が三人もいるぅ。しかも、見たことない若者二人ぃ、イケメンすぎ。キラキラして目が潰れそうよ。もうヤダー。山田っ、そういうことは事前に教えておきなさいよ」

口では山田に文句を言いながら、風が起こるほどの力強い動作で彼は腕を振りあげた。

え？

何が起こったのか一瞬分からなかったが、気がつくと、孝は金髪角刈りに抱きすくめられていた。

あまりの早業というか、予想外すぎて抵抗する暇もなかったのだ。

「ちょ……」

和服の下に隠された丸太のような腕が背中まで回り、がっちりホールドされて息が止まる。

正直、折られるかと思った。

山田も山田だ。

靴を脱ぎながら、「あれぇ」などとこともなげに口を開くが、その横では同僚《どうりょう》というか見習いが絞《し》め殺されかけているというのにまったくの通常運転である。

これが都会の無関心ってヤツかよ、などと絶望の中で思う。

「見習い男子二名を同行させるとお知らせしたはずですが？」

「あんたアホなのぉ？　同じ二名でもそこらの汚いおっさんとこんなキラキラ男子じゃわけが違うじゃないのよ」

いや、大きな声出さないで。骨伝導みたく低い声が響いて骨が軋《きし》むんですけどと言いたいが、締め上げられて声も出ない。

「ヤダーッ。もっとおしゃれしとけば良かったわ」

このレスラーはアミーガ・Death《デス》・ドンゴロスという名だそうだ。

おかしい。

孝はスペイン語ができるが、アミーガとは「女友達」の意味だったはずだ。

いや、スペイン語ではないのかも知れない。

アマゾン奥地の未開の部族か何かが別の意味で使用している言語かも知れなかった。

孝を盾《たて》のようにして後ろから様子を窺《うかが》っていた虎之介が、しげしげとアミーガを見て言う。

「いや、十分すごいっす。お客さん、なんか北斗《ほくと》の拳《けん》みたいで世紀末感ハンパないっすね」

あ、バカと思ったが、虎之介がいっそすがすがしいほど嬉しげに阿呆面《あほうづら》をさらしているもので、アミーガも対応に困ったようだ。

「何ですってぇ？　山田っ、この子はこれ、あたしを褒めてるのかしら、それともディスってるのかしら」

「あーすみません。虎、失礼だよ」

山田に諭《さと》され、靴を脱いでいた虎之介はこてんと首を傾げた。

「えーなんで？　俺、憧《あこが》れなんだけど世紀末」

「ま、眩《まぶ》しい。純真な瞳がキラキラだわ」

そこへ車を駐車場に入れに行っていた仁がやって来た。

やっと来た常識人に涙が出そうだ。

仁はアミーガに頭を下げて言う。

「大勢で押しかけてすみません。この二人は見習いで。こいつが雨宮虎之介、そっちは橘孝です。ほら、挨拶しろ」

「こんにちはー」

無邪気さを装う記憶喪失。

「よろしくお願いいたします」

孝が頭を下げると、アミーガは、あーっと口を開け、金魚みたいにぱくぱくしながら仁と孝の顔を見比べた。

「え、え。橘孝って、もしかして、仁ちゃんの弟さん？　ヤダ。仕事クビになっちゃったの？」

「違いますよ。休暇中なんです。というか、何故俺のことを？」

「そぉりゃあ有名だもの。アタシ、こう見えても桜子さんとはマブダチなの」

げ、そうなのかと思った。

「あんたのお噂はかねがね伺ってましてよ。不思議よねー、孝さんといや、すっごい仕事人間のはずじゃない？　その孝さんがなんでこんなとこにいるのかしらねー」

おばあさま、俺のことをそんな風に言っているのかと思わず無言になる。

いや、待て、ここでは一応「弟」と呼ばれているではないかと思い直す。

良かった。孫認定されていた。ただのお知り合い扱いじゃなかったようだ。

しかし、何というのかこのアミーガという人物、いかつい見た目に反して何だかいい人そうだった。

とはいえ、仮にも常連客に仁を連れ戻すなどという目論見《もくろみ》を告げるわけにはいかず、適当なことを言わざるを得ない。

「俺の知らない兄のことを見たいと思っただけですよ。他意はありません」

「あらあ、そうなの？」

思わせぶりな笑顔が怖い。


アミーガ宅のキッチンはごく普通のマンションタイプのものだ。

身動き可能なのは二人まで。

仁と山田が料理をしているのを孝は入口付近でメモを取りながら見学しているが、彼らが移動する度に場所を離れなければならない。

「はいはい、どいたどいた」などと言いつつ、家主である巨漢《きょかん》のレスラーがうつわや酒を取りにやってもくる。

「孝ちん。あんたもいい加減諦めてあっちで一緒に飲みましょうよ」

そうなのだ。虎之介のヤツが既に向こうのリビングで本日のお客様方に囲まれて、きゃっきゃ言うのが聞こえてきている。

ちらっと見たが、とても濃いメンツだった。

本日のゲストはアミーガの友人、マルルリアン妖精《ようせい》とスンガリッチ・カイカマヒネ律子《りつこ》という名のおっさんたちだ。

いや、おっさんと言っていいものかどうか。

痩身《そうしん》のカイカマヒネはアミーガと同じく和服姿だ。身のこなしのせいなのか体型のせいなのか、どことなく日本舞踊《ぶよう》の先生といった風情がある。

マルルリアンはその名の通り丸っこい体型でキャバ嬢のようなロングドレスを着ていた。

山田の話によれば以前はゴスロリ風のファッションだったそうだが、そのことを指摘《してき》されると、彼女？　はアンニュイな表情を浮かべて言った。

「令和《れいわ》になったから。マルも大人の気分」だそうである。

年齢的には十分過ぎるほど大人に見えるが、そういうツッコミは無粋《ぶすい》だろう。

しかし、目の覚めるようなブルーのドレスに巻いた髪。

よく見ると、派手なメイクに隈取《くまど》られた小さな目があどけなく、ふるふると震える小動物を連想させる。なるほどイギリスの森にはこんな妖精がいてもおかしくないなと孝は妙に納得した。

孝は職業柄、LGBTやジェンダーなどの問題に敏感《びんかん》だった。

孝より上の世代の幹部たちはおっかなびっくりで腫《は》れ物《もの》に触るような対応だったが、孝の姿勢は明快である。

元々、孝の卒業した中高一貫校はリベラルな教育を旨とするところで、ほとんど偏見がなかったこともあり、孝は特に構えることもなく、それらをひっくるめて一つの個性と受け止めていた。

それにしたってこの人たちは個性的だ。

アミーガはいうまでもなく、他の二人も存在感がすごい。

こんな人たちをどこかで見たなと考えて、あ、そうかと思い出した。

少し前にたまたまつけたテレビで放送されていた演歌《えんか》番組だ。

ひな壇に並ぶ大御所勢がこんな感じだった気がする。

カイカマヒネがカクテル作りが趣味だということで、仁を除く全員の好みを聞いて回っていた。

「いいえ、俺は研修中の身ですからアルコールは結構です」

「あらまあああ。ずいぶんと頭が固いじゃないの。アンタまだ二十代でしょ。融通《ゆうずう》きかない男はすぐに老けるわよ」

いやいやそんな話、聞いたことない。

「俺は真摯に料理を学んでるんです。お気持ちはありがたいですが、遊びにきたわけではないので」

カイカマヒネは手にした扇子《せんす》で口許を覆い、むふふと笑った。

「ヤダ。ちょっと仁ちゃん。仕事一筋の弟氏《うじ》、おもしろいじゃないのぉ。これはいじり甲斐《がい》のあるタマだわ」

「いじりって……。違ったら失礼。もしかしてカイカマヒネ様はお笑いの方でしょうか?」

漫才師という感じはしないが、漫談だとか落語家《らくごか》にならばこのようなタイプの人もいそうだと思ったのだが、カイカマヒネは笑いすぎて腹を押さえている。

「ヤーダもう。この子本当におもしろいわ。そうじゃないわよ。カタブツの常識を崩壊させてやんのって楽しいでしょ? いじられるのはアンタの頭よ。あーおかしい。このカイカマヒネ姐《ねえ》さんをお笑い芸人呼ばわりしたのはあんたが初めてよ若造。いいわ。存分にいじくり倒して差し上げましょう」

何だかとんでもなく恐ろしいことを言われた気がするが、冗談と受け流し気にしないことにした。

そして間もなく孝は知る。

ここにいるのは風雅を楽しむ三人の山賊だった。

アミーガ宅はリビング重視の間取りらしい。見ようによってはワンルームに近い。奥にベッドルームがあるそうだが、そこは最低限の広さだそうでただただリビングに力を入れてある。

いわばニューヨークのフラットみたいなもので、リビングで大抵の用が済むのだ。

二十畳はあるだろうか。

今宵《こよい》の客は「出張料亭・おりおり堂」のメンツを含めて合計七人。

最後の晩餐《ばんさん》みたいな長テーブルを囲んでいる。

「は？　俺たちも料理をいただくんですか？」

もちろん驚いた。

「はい。アミーガさんのお宅ではいつもなんですよ。私たちもお相伴《しょうばん》させていただくことになっています」

答えたのは山田である。

「え、それっていいんですか？」

声をひそめて訊いたが、意味はなかったようだ。

「いいも悪いもあるもんですか。おいしいお料理はみんなでいただいてこそでしょ。さあ、座った座った」

耳許でアミーガに叫ばれ、ひぅとなった。

「し、しかし、山田さんはともかく俺たちは見習いですし」

そもそも、孝がここへ来てからしたことといえば仁が料理するのを遠巻きに眺めていただけだ。

山田はそれなりに助手の仕事を果たしているが、カクテル作りを教わって喜んでいる虎之介と自分は明らかな余剰《よじょう》人員である。

「バカね。お腹を空かせてる人間をこのアミーガ・Death・ドンゴロスが見過ごすとでも思った？　大丈夫、最初からそのつもりで仁ちゃんにもお願いしているわ」

それに、とアミーガは胸を張った。

「今夜はね、仁ちゃんの復帰を祝う宴よ。アタシたち腕によりをかけて食材を調達してきたわ」

食材を調達。

まさに文字通りの意味だった。

今夜の料理はこれぞ和食、これぞ料亭と言いたくなるような豪華なものだった。当初は——。

重陽の節句と中秋の名月にあやかったメニューをということなのだろう。

重陽の節句は菊《きく》の節句ともいうそうで、本来は夜のうちに菊の花に真綿《まわた》をかぶせておいて、翌朝集めた露《つゆ》を口にしたり、その綿で身体を拭ったりして無病息災《そくさい》を祈る行事だそうだ。

ただ、九月九日といえば現在の暦《こよみ》でいえばまだ夏と言ってもいい気候だ。

菊の花が咲き揃うのはまだまだ先なのだ。

せめて気分ばかり、というわけで仁は料理のあしらいに菊を使っている。

刺身を盛ったうつわはアミーガ自慢のコレクションの陶器《とうき》だ。

骨董に分類されるものらしい。

量産品でないためそれぞればらばらの色や形、焼きの種類も違う。

それでいてどこか統一感があるのは、趣味が一貫しているせいだろうか。

アミーガはうつわ集めが趣味なのだそうだ。

「一人じゃなかなかこの子たち全部、使いきれないでしょう。だからこうやって仁ちゃんに来てもらって、うつわが喜ぶお料理を作ってもらってるのよ」ということらしい。

「うつわは使ってこそ、ですか？」

どこかで聞いた言葉を口にすると、アミーガが「そ。さっすが。なんだかんだ言ってもアンタもマダムの孫よね」と目を細めた。

まるで親戚の子の成長を見る目のようだ。

聞けばアミーガは「骨董・おりおり堂」の常連だそうで、その縁で桜子のマブダチとなったものらしい。

リビングの棚に飾られたうつわもあれば、大切に箱にしまわれているものもある。

アミーガはそれらをリビングの一角に並べ、仁と二人でああでもないこうでもないと言いながら今宵の料理に使ううつわを決めていた。

「ひゃあああ。めっちゃ高そうっすね」

大皿の入った桐箱を見て言う虎之介に、アミーガは「おっ、小僧。分かるか」とおっさんみたいな顔と声で言い、虎之介の頭をわしゃわしゃと雑に撫でた。

「門前の小僧、習わぬ経を読むってヤツね」というカイカマヒネ律子、さらにはマルルリアン妖精もまた「骨董・おりおり堂」の顧客《こきゃく》だそうだ。

「え。いいんすか？　これ」

これ、アンタのよと、取り皿用に与えられたものを手にした虎之介が目を瞠る。

「これって重文《じゅうぶん》クラスなんじゃ」

続く言葉に孝は思わず、え？　と虎之介を顧みた。

重文って重要文化財のことだよな？

いや、そこに驚いたのではない。これほどのコレクターならば高価な物、稀少な物を所蔵していても何ら不思議なことはない。

それを、どこの馬の骨とも分からない人間に使わせてしまうこと、いやそれ以前に実用に供してしまうことの是非はともかく、である。

おかしいのは虎之介の方だ。

何故、ひと目見ただけでそんなことが分かるのか。

確かに入っていた箱には仰々《ぎょうぎょう》しい筆文字で何か書いてあったが、正直なところ孝には意味が分からなかった。

骨董の勉強をしたこともないし、孝は主要教科中で唯一、古文があまり得意ではなかったため、苦手意識が先に立って目が滑っただけかも知れないが、それにしたって箱の中身の価値を示す情報がどこにあるのか、さっぱり読めない。

アミーガたちも同じことを思ったようで「あらヤダ。謎の子供」「小僧博識」などと言っているが、とりあえずアミーガの「いいこと坊や。うつわはどんなに素晴らしいものでも、大事にしまいこんでいるだけでは価値が半減するのよ」という名言によって場のざわめきは収拾した。

「孝氏、お飲みなさい。アンタのためのカクテルよ。その名もスティンガー。嫌み、皮肉って意味だから」

何その精神にくる攻撃。

「はぁ……。今日のマルはちょっと悲しい気分よ。だってそうでしょ？　重陽の節句といえば菊花《きっか》の契《ちぎ》り。ねえ、孝氏知ってる？　あんなのってないわよね。ああ切ない」

菊花の契り。上田秋成《うえだあきなり》の『雨月物語《うげつ》』だったっけか、と脳内の検索システムが答えを弾《はじ》き出《だ》したが、それが重陽の節句とどう関連していて、何故マルルリアンを切なくさせているのかまでは分からなかった。

聞こうと思ったタイミングで、そのマルルリアンが突然、地鶏《じどり》について語り始めたからだ。

とにかく彼らは常に何か喋っており、独《ひと》り言《ごと》かと思って放っておけば実は孝に話しかけていたりする。

戦場のようなかしましさのさなか、急に名指しの攻撃を食らったりするので、一ところに意識を向けていることが難しいのだ。

で、その素晴らしいうつわをさらに引き立てるのが料理だ。いやうつわを料理が引き立てているのか。

どっちでもいい。

話が逸れたが、刺身である。

薄く削《そ》いだイカを重ねて花の形を模している。

その隣にはのどぐろの焼き霜造《しもづく》り。そして本マグロの赤身が鎮座している。糸のように細く切られたミョウガのけんに、あしらってあるのは菊の葉と小さな黄色の食用菊だ。

いいのだろうかと思いながらもアミーガたちの勢いに押され、勧められるままに地酒とともに口にする。

透き通ったイカは甘く、口の中にとろりと拡がる。それでいてぷつりとした歯ごたえがあった。

のどぐろはアカムツともいう魚だ。脂の多い白身魚である。

焼き霜造りとは軽く塩をした皮目をあぶるもので、仁はバーナーで焼き目をつけていた。口に入れると濃厚な脂がじわりと拡がる。

身は柔らかいのだが、皮の焦《こ》げ目が香ばしく絶妙のアクセントになっている。

マグロの赤身はクセのない旨《うま》みと香りはもちろん、すっきりと端正《たんせい》だった。

「さすが仁ちゃんね。このマグロ。包丁の入れ方が悪いと、こうはならないでしょう」

グルメ評論家みたいにアミーガが言うが、なるほどそうかも知れない。

食感のせいなのか、繊維《せんい》を切る方向がどうのこうのなのか、孝には分からないが、これが切れ味の悪い包丁で、腕の悪い人間が切ったものならこうはならない気がする。

シンプルな食材だからこそ確かな包丁捌《さば》きがものを言うのだ。

そう思ったのは仁が刺身を造っているのを見ていたからだ。

食材によって包丁を替えるのはもちろん、切り方によって持ち方も違う。

刺身を造る際、仁はすっと軽く包丁を引くだけで、ほとんど力を加えていないようだった。あれよあれよという間に魚が刺身に姿を変えていくのだ。

さすがだ。さすがは名店の料理人だっただけはある。

技術だけではない。

仁の料理は実に洗練されている。

「センスってのは努力で磨かれるものもあるけど、基本は才能だと思うわ」

しみじみと感服したように首を振っているカイカマヒネ律子の言葉に頷かざるを得ない。

大皿に盛られているのは、甘辛く下味をつけごまをまぶした小芋の焼き物。

花の形に切られたれんこん、様々なきのこを揚げたもの。

これらは素揚げして塩をまぶした程度だが、一つだけ衣をつけて揚げた天ぷらが混じっている。ここに同じく揚げたぎんなんや紅葉《もみじ》を散らすことで、色鮮やかな秋の味覚の吹き寄せとなるのだ。

天ぷらにしてあるのはあけびの皮だった。

持ち込まれたあけびは二つ。

料理に入る前、食材の吟味が行われていた。

「あけび？　何コレ？」

ごろりとテーブルの上に転がる実を見て虎之介が叫ぶ。

「だよねー。都会に暮らす若者は見たことないでしょうね」

カイカマヒネが言う。

いや、そもそもこいつ記憶喪失なんでというフォローをするまでもなく孝も初めて見た。

ぱっくり割れた紫色の実からゼリー状の果肉が覗いている。

透明《とうめい》ゼリーの中には黒い種。

「カエルの卵的な？」

「うわ虎。それ禁句」

山田がすかさず言って虎之介を小突く。

山田の後ろには仁までやって来ていて、みなで代わる代わる手に取り眺めている。

果肉の方は料理にするほどの量もないということで、スプーンで掬《すく》って少しずつ味見することになった。

「おわっ」

スプーンからこぼれ落ちそうになるのを慌てて口に放り込む。

見た目通りの食感だが、じゅるりとした甘さが拡がった。

さて、何故ここにあけびがあるのかというと、アミーガが持ち込んだものだ。

アミーガは山でこれを取ってきたのだという。

「安心してちょうだい。ちゃんと大丈夫な山だから」

利権関係の、という意味だろうか。

アミーガいわく、「出張料亭・おりおり堂」の復活にあたり、いてもたってもいられず、山へ修行に出かけたのだそうだ。

そして、ついでに山の恵みをいただいてきた、と。

なんか色々とツッコミどころがある気もするがまあいい。

秋の恵みということで、アミーガはきのこも沢山取ってきていた。

ええっそれ、毒きのことか大丈夫なのかと思ったが、どうしてどうしてこのアミーガという人物、きのこガイドの資格（きのこアドバイザーというらしい）を持っているそうだ。

色々と奥の深い人だ。


というわけで天ぷらになって秋の吹き寄せに交じっているあけびの皮である。

意を決して口にしたそれはなかなかに野趣溢れる食べ物だった。

めちゃくちゃおいしいというわけではないが、秋だなあとしみじみする。

ただし、ちょっと苦みがあるので早々に飲み込んだ。

そして車海老の団子《だんご》（しんじょというらしい）にカツオと昆布《こんぶ》で取った上品なだしを張った吸い物椀《わん》。これぞ出張料亭の醍醐味《だいごみ》だ。

ここまでは間違いなくそうだった。

しかし、ここから先は少々趣向が変わる。

持ち込まれた食材はアミーガの修行の副産物である山の幸だけではなかったのだ。

食材の吟味にあたり、カイカマヒネ律子が差し出したのはベーコンだった。

成形されていない歪《いびつ》な形の長いヤツだ。

スーパーなどで見かけるものとは違い、たとえていうならアメリカ西部の開拓《かいたく》者たちが焚き火を囲んでナイフで切り取っているイメージのもの。

男臭いというか何というか、これまた野性味に溢れたものだった。

何でも八《や》ヶ岳《たけ》の麓《ふもと》にこれを手作りしている工房があり、カイカマヒネはそこまで買いに出かけたそうだ。

残るマルルリアンはというと、こちらは幻の地鶏だ。

下処理をした丸鶏を、三羽丸ごと携《たずさ》えていた。

これが何故幻なのかというと、山間の秘境《ひきょう》の里で育てられた地鶏だからだそうだ。

非常に数が少なく、お取り寄せなどは一切受け付けていない。

極めて入手困難だとされているものらしい。

その鶏を求めて彼は一人秘境を訪ねたのだという。

「分かったかしら。みんなそれだけ仁ちゃんを待ちわびていたってことなの」

アミーガはそう言うが、何だか努力の方向がずれているような気がするのは俺だけだろうか。

何だろう。この未開の部族が客人を迎えるためにごちそうを狩ってきた感――。

そして、ワイルドな食材は料亭らしい風雅さを根こそぎ押し流すのだ。

ベーコンは最初、かろうじて雅《みやび》やかだった。

かりかりに焼いたベーコンを、仁は大根、いちじくとともに白和《しらあ》えに仕立てたのだ。

西部男のベーコンは市販の品とは比べ物にならないくらいスモーク臭が強く、とても和食には向かないだろうとも思った。

その上豆腐を丁寧に裏ごしした和えごろもにはクリームチーズを混ぜ込んであるのだ。

これはむしろ洋食では？　と思ったのだが、さすが仁。

きちんと和食の範疇に収まっていた。

「こういうのってアリなんですか？　和食の顔をして中身はこれって邪道のような気がしますけど」

さすがだと思いながらも手放しに褒めることができない男、それが橘孝である。

皿を下げる山田を手伝いながら声をかけた。

不満に思う気持ちがあるのも事実だ。

本当は仁に言いたいところだが、自分の置かれている立場を思えばそれはできない。

今は、仁の信頼を得ることが最大の命題なのだ。

皮肉や煽り文句しか語らないこの口は封印するのが賢明《けんめい》というものだ。

ただしそれは仁に対して、である。山田には言う。

女性に対して優しくないのは紳士失格だが、山田は別だ。

そもそも孝はこの女を追い出すべく暗躍《あんやく》している部分もあるのだ。

山田に対しては容赦などしない。

しかし、いつものようにおろおろと挙動不審の反応を見せるかと思った山田は、迷うことなく首を振った。

「いいえ、結構格式の高い料亭などでも洋の食材を使ったりするようですよ。昔ながらの食材と作り方を大切に継承するのも一つのあり方だとは思いますけど、和食の精神みたいなものは守りながら、時代とともに形を変えていくのも一つだろう、と仁さんが」

何だ山田にしては立派なことを言うじゃないかと途中まで驚愕《きょうがく》しながら聞いていたものだが、仁の受け売りだったと聞いて納得した。

しかし、しかしだ仁。

いくら何でも形を変えすぎだろう!

ひらたけやしめじの仲間たちとともにまいたけはおいしい炊き込みごはんになった。

土鍋に米とだしときのこを入れ、塩と醤油、酒だけでシンプルに炊きあげるのだ。

しみじみうまい。

アミーガ宅では米にもこだわりがあるようでお米マイスターによるブレンド米だ。

むっちりした米に、きのこから出たうまみがしみ込んでいる。

当然ながらきのこによって味と香りが違うので、まるで何層にも織りあげられた豪奢《ごうしゃ》な味の絨毯《じゅうたん》のようだった。

これはまだいい。秋の収穫《しゅうかく》を喜ぶ日本の味だ。

ついでにアミーガが手ずから漬けているというぬか漬けも絶品で、はあ、日本に生まれて良かったあ、とつい表情が緩んでしまうのが正直なところだ。

しかし、ベーコンはもはや和食から完全に逸脱し、はるか遠くにいってしまった。

ベーコンエッグになったのだ。

「朝ごはんかな?」

皿に置かれたベーコンエッグに、思わず孝はいい笑顔で呟く。

しかし、焼きたてカリカリベーコンの香ばしい香りはもはや暴力の域である。

そこに、各々の好みの焼き加減に仕上げられた目玉焼きが添えられている。

「はああ、おいしいっ。仁ちゃんの本格和食もいいけどこれはこれでまた最高だわよ」

などと言う連中に、孝は和食を何だと思っているのかと内心ぶつぶつ文句を言いまくっているが、孝の皿にあるのは孝好みのやや半熟《はんじゅく》気味の目玉焼きだ。

絶品だった。

ベーコンからしみだした脂は甘くスパイシーで、とろりと溶け出す黄身《きみ》に絡む。

ベーコンを噛むとカリッと焼けた表面、むっちりした肉厚の身から滋味《じみ》が拡がる。

当然、一同大絶賛である。

仁はさわやかに笑うと、「このベーコンの一番うまい食べ方はこれだと思いました」と言った。

ざけんなよ、お前、思いましたじゃねえよ。

料理人の矜持はどうした、シンプルすぎるわ。こんなん誰だって作れるじゃん、と内心仁に向かって罵声《ばせい》を浴びせかけるが、確かにこれ以上の料理はないような気がする。

素材の特性を最大限に活かすという点ではこういう選択肢になってしまうのだ。

同じことは幻の地鶏にも言えた。

あろうことか、仁はこれを焼いたのだ。

いや、肉を焼くこと自体は別におかしなことではない。

仁は骨付きのもも肉を甘辛いたれに漬け、山椒《さんしょう》の粉を散らした。

それを炭火で焼いたのだ。

ちなみにアミーガ宅には当然のように業務用とおぼしき炭火コンロの用意があって、キッチンの換気扇の下に置いたそれで鶏肉を炙《あぶ》っていた。

いや、おいしい。すごくおいしい。それは間違いない。

最後に強い火力で焼かれた皮目はパリッパリだ。

地鶏の肉は噛み応えがあるのに、じっくり遠火で炙られた肉はみずみずしく、噛むとしゆわりと肉汁が溢れてくる。

肉の味が濃い。

特に骨の辺りの肉の旨みがすごい。

はたと気が付くと、アミーガたちに加えて虎之介、さらには山田まで骨付き肉を手に持って、豪快にかぶりついていた。

何という山賊の宴――。そう思った孝は悪くない。

もくもくと上がる煙、かしましいオネエさんたちの話し声に時折上がるキャーとかギエーとかいう嬌声。

ちなみにこの部屋では本日、エンドレスでピアソラがかかっている。

アストル・ピアソラ。

バンドネオン奏者にしてアルゼンチンタンゴの革命児《かくめいじ》と呼ばれた作曲家だ。官能的かつ哀切に満ちたバンドネオンにピアノ、ヴァイオリンの調べ。革新的でモダンなタンゴだ。

時にジャズっぽく、時にクラシックのようなその音楽は洒落ていて、高級なレストランでかかっていても遜色がない。

にもかかわらず、この混沌《こんとん》の中、野太い雄叫《おたけ》びの中でも、そのつややかさを失わない。ピアソラもびっくりだろう。

「ほらぁ、虎之介。アンタも踊りなさいよぉ」

巨漢のレスラーにヘッドロックをかけられた状態で虎之介が連行されていく。

「マジっすか。すげえハンパねえ。マジもんの世紀末」

「ヤダ、意味不明。でも、やっぱり若い子がいるのはいいわねえ。さっ、若さのぴちぴちエキスをいただいちゃいましょう」

ぎゃーっと虎之介の悲鳴が上がったが、とばっちりが来ては困るので見殺しにする。

ヤツは尊い犠牲となったのだ。

そこへ山田が参入。というか真顔で止めに入っている。

「あー、お触りはやめて下さい。見習いとはいえうちの従業員ですから。セクハラ禁止です」

「うるっさいわね」と返したのはマルルリアン妖精だ。

ブルーのドレスの裾《すそ》をひるがえして、山田と対峙《たいじ》する。

「山田。あんたは相変わらずだわね」

ふうぃい汗かいた、と言わんばかりの笑顔で虎之介を触りまくった彼は言う。

やかましいのは分かりきったことなので、この部屋、窓を閉め切ってクーラーをがんがんにかけている（そのためにキッチンではこれまた業務用の強力ファンがフル稼働《かどう》中だ）。

盛り上がりがクーラーの冷却能力を上回っているのか、扇子でぱたぱたと顔をあおぎながらカイカマヒネ律子がフフンと山田を見下ろし微笑した。

「虫除《むしよ》け健在って感じね。でも、よく帰ってきてくれたわ、仁ちゃんもあんたも」

「本当、こんな日が戻ってくるなんて夢みたいよ。さ、山田。あんたも飲むのよーっ」とマルルリアン妖精。

ピアソラとオネエたちの雄叫びの中、虎之介の悲鳴がこだましている。

狂乱の宴は夜通し続くのかと疲労の中で思ったが、そんなことはなかった。

マルルリアンの仕事（ちらりと聞いた話では公認会計士か何かだそうだ）が翌朝早いとかで、二十二時にはお開きになったのだ。

別れ際にも仁に絡みまくり、

「よく帰ってきてくれた」

「生きてて良かった」

「仁ちゃんがアタシたちの生きる糧《かて》」

などと号泣しながら言い募るマルルリアンとカイカマヒネがやっと腰を上げた。

「じゃあまたね」

「次回会うまでくたばんじゃないわよ」

「アンタこそ」

「気をつけて帰んなさいよ。夜道でオトコ襲うんじゃないわよ」

などというオネエ同士の友情に溢れた憎まれ口の応酬《おうしゅう》の嵐《あらし》が過ぎる。

部屋を出た瞬間、すっと静かになった客人二人を虎之介とタクシーまで見送る。

「あれ、静かなんですね」

「夜だもの。ご近所に迷惑《めいわく》かけちゃいけないわ」

意外と常識人だった。

「あんたたちも見習い修業頑張んなさいよ。ホラ、飴《あめ》あげるわ」

囁く声と大きな動作で二人は帰っていった。

「さあ虎、戻るか」

「ん」

カイカマヒネにもらった、透明の飴の中に土星《どせい》が浮かんでいるロリポップを早速口にくわえた虎之介が軽いステップを踏みながらついてくる。

アミーガ宅のドアを開けると、狂乱の宴の残滓《ざんし》、つまりは山賊焼きの煙やアルコールの匂いが混じったものがどっと流れ出してきた。

そう。宴はまだ終わりではない。

片付けが残っているのだ。

当然といえば当然のことだが、後片付けまでして帰るのが「出張料亭・おりおり堂」の流儀《りゅうぎ》である。

うっかり流されるままいただいてしまったアルコールの酔いが回り、気分はふわふわと非常にいいが、正直、片付けとかやりたくない。

だるい。

虎之介はロリポップをがりがり音を立てて嚙み砕《くだ》くと箸《はし》を手に取った。

少し残っていた炊き込みごはんをアミーガに勧められたのだ。

「マジすか？　いいんすか？」

虎之介は土鍋を抱えて喜んでいる。

うわ。あれだけ食ってまだ入るのか――。

若さってすごいわねえ、と内心呟く。うっかり彼らの口調が移っていた。

「いいんですかアミーガさん。明日の夜食にでもなさっては？」

山田が言うと、アミーガは広い肩幅を小さく見せるべく大袈裟にすくめた。

「何だかねえ、アタシも年なのかしら。祭りが楽しければ楽しいほど、翌日《よくじつ》の静けさがこたえるのよ。明日一人で残りごはんをいただくのはちょっと心にキそうな気がするわ」

そういえばそうかもなと、孝はぼんやり考えている。

確かに騒がしくも楽しい夜だった。

祭りが楽しければ楽しいほど、その後の静寂《せいじゃく》は孤独を際立たせる。


孝はぼんやり小学校最後の夏休みを思い出していた。

友人たちと近所の神社のお祭りに出かけたのだ。

クラスメイトの石田《いしだ》に高木《たかぎ》、中村《なかむら》の三人が一緒だった。

夜空を焦がすかがり火。人々のざわめき。

イカやとうもろこし、たこ焼きの香ばしい匂いに、わたがしやベビーカステラなどの甘い香り。

夜店のアセチレンライトがリンゴ飴の赤をてらてらと、妖《あや》しく照らしている。

それまで夜に子供たちだけで出歩くことなど許されてはいなかったから、初めての冒険《ぼうけん》に心が浮き立ち、喜びに跳《は》ねるようにして歩き、大きな声で語り合った。

やがて上がる花火に興奮は最高潮で、我を忘れ、歓声を上げた夏の夜だ。

永遠にこの楽しい時間が終わらなければいいと孝は思った。

その夏、ドロップアウトした仁に代わり、孝が後継候補として帝王教育を施されることに決まったのだ。

そのことについては仕方がない。それはよく分かっていた。

だが、二学期からは中学受験のために、もうこれまでのように遊んでいる暇などないと親から釘をさされていた。

この夜が終わればもう二度と、彼らとこんな時間は持てないだろう。

ぞろぞろと帰路につく人々。

「バイバーイ」

手を振り、それぞれの家に向かい帰って行く友人たちを見送る。

孝は一人で、使用人が迎えに来るのを待っていた。

迎えは遅れていた。交通規制で神社の周辺に車が入れなかったからだ。

本当はその場で待っているべきだった。

だが、孝はたまらなく寂しくて、何かに突き動かされるように走り出していた。

このまま息の詰まるような家に帰っても、祭りの高揚《こうよう》を話す相手もいない。

そうだ。桜子ならばきっと聞いてくれる。

この興奮を分かち合ってくれる——と思ったのだ。

「さ、孝ちん。一緒にお月様見るわよぉ」

アミーガに声を掛けられ、孝はびくりと肩をはねさせた。

アミーガは朱塗《しゅぬ》りの杯とガラスの酒器の載った盆を手にベランダへ孝を誘う。

「いや、俺も片付けを」

一応、片付けに臨むつもりで上着を脱いで（というか上着は鶏を焼きだした辺りで脱いでいた）ネクタイは胸ポケット、シャツは腕まくりをしていた。

「あらヤダ。アンタ役に立たないじゃないのさ」

ええっ。そんなはっきり言わなくてもいいんじゃないのかと思ったが、その通りである。

さすがプロというべきか、仁はもちろん、山田もてきぱきと動き回っている。

不慣れなうえに家事経験皆無の孝は手を出すタイミングを摑めず、何をどうすればいいのか分からぬままに、うろうろするばかりだった。

「でかい図体でうろついてんのはお邪魔よ」

アミーガにそう言われ、助けを求めるべく仁を見るが、仁はこちらを見ない。

うん、いつものことだ。

孝がどれほど仁を見つめても、仁はこちらに一ミリたりとも関心がないのだ。

泣いてない。

代わりに山田が言った。

「あ、孝さん。そうですよ、慣れない現場でお疲れでしょう。アミーガさんと休憩《きゅうけい》なさって下さい」

「そうですか。じゃあすみませんがお願いします」

役に立たないのも事実なのでしおらしく頭を下げて、アミーガに従う。

ベランダに設えたウッドデッキには、簡単なテーブルと椅子のセットが置かれていた。

昼間の熱気が少し残る空気の中に、ひんやりした秋の気配が感じられる。

「この香りは……？」

ジャスミンのような甘い香りが夜の闇《やみ》に濃厚に溶けているのだ。

「ああ、これよ」

アミーガが示したのはウッドデッキの反対側に置かれた背の高い鉢植えの植物だった。

白い花弁が幾重にも重なった大きな花が咲いている。孝の両手のひらをふんわり合わせたぐらいはありそうだし、周囲を縁取るがくの部分とあいまってとても立体的な造形だ。

花弁の中には黄色のめしべが密集しており、孝は何故か憂《うれ》いを帯びた美女のまつげを連想した。

「月下美人よ。どうかしらぁとやきもきしてたんだけど、今夜咲いて良かったわ」

そういえば、料理の準備をしている間に、代わる代わるベランダを覗いてはアミーガたちが騒いでいたなと思い出す。

「ずいぶん大きな花なんですね」

「ええ、ホント。あでやかよねえ」

アミーガが溜息をつく。

この花は一晩だけ咲いて、翌朝にはしぼんでいるそうだ。うまく育てば一年に二、三度は開花のチャンスがあるそうだが、そのタイミングをはかる難しさから一年に一度きりしか咲かない花だと誤解されているのだという。

「だからでしょうね。この花の花言葉は儚い恋だとか、ただ一度会いたくて、とかなのよ」

月光を浴び、純白に輝く姿は神秘的だ。

孝はぼんやりエリカのことを思い出していた。

「この花はね、つぼみの時は下を向いているのに、たった一晩の開花の時にはね、ほら、こんな風に上を向いてるの。胸張ってるみたいじゃない？　ねえ、儚い割には結構したたかでしょ。女、って感じよね」

アミーガは肩をすくめた。

そのせいだろうか、「秘めた情熱」という花言葉もあるのだと教えてくれた。

「仁ちゃんたちには後で見てもらうとして、今はアタシたち二人で楽しみましょう」

頷く孝にアミーガは言葉を継いだ。

「この花は魔性よね。開花を見るのは自分だけの愉楽《ゆらく》にしておきたいっていうか、何だかほの暗い感情を掻き立てられるのよ」

「ほの暗い感情？」

「そうよ。アンタも男なら分かるでしょ？　この美麗さを独り占めしたくなるのよ。でもなんだかそれも怖い気がするのよね、だからみんなに見せて厄《やく》を分散させてるの」

カラカラと笑うアミーガに、昨日エリカを見て覚えた感情を見透かされたような気がして、孝は慌てて平静を装う。

「え、綺麗だから見せて下さっているのではないんですか？」

「ま、それもあるけどさ。でも、やっぱりこれだけ綺麗だと何だか怖いでしょ。だからアンタも厄をもらって帰ってちょうだい」

「そういうもんですかね」

「あらヤダ。孝ちんって意外に野暮天なのかしら？」

「はは。どうでしょう」

「ま、いいわ。さ、飲みましょう。仕切り直しよ」

促《うなが》されるまま椅子に座って見上げると、雲の間に大きな月が覗いていた。

そういえば、今夜は月見の宴でもあったなと思い出す。

孝に杯を持たせるとアミーガが酒を注いでくれた。

無骨な手が意外になめらかに動くものだと感心しながら酒器に手を伸ばし、酌《しゃく》を返す。

杯の酒に月を浮かべて飲み干し、アミーガは声をひそめて言った。

「どう？　仁ちゃんがどれだけみんなに待たれていたか分かった？」

アミーガやその他の常連たちが「出張料亭・おりおり堂」の休業をどれほど嘆き、その再開の報にどれだけ歓喜したかというのを宴の間中、さんざん聞かされていた。

だが、孝としてはいくら感動をもって語られたところで、この顚末《てんまつ》には納得いかない。

休業することになった原因はそもそも兄の不始末だ。

さらに、それに続く休業は仁のわがまま以外の何物でもない。

そんな自己中心的な事情で振り回されたのだ。

常連たちは怒るべきだと思う。

第一、二年もの空白はプロとしては失格だろう。

その間に料理の修業でもしていたというならまだしも、プロとしての仕事はしていないのだ。

　カンが鈍るに決まっている。

「甘いですよ。兄の料理の腕が落ちているなら、はっきり言ってやって下さい。その方が本人のためだ」

孝の言葉にアミーガは驚いたような声を上げた。

「えっ？　そんなことないわよ。むしろ円熟味《えんじゅくみ》を増したってのかしらね、以前にもましてアタシたちへの愛を感じるわー」

「愛ねえ」

ちょっと評価が甘すぎるのではないかと思ったが、アミーガは譲らない。

「当たり前じゃない。仁ちゃんのお料理の最大の魅力はそこよ。お勉強はできてもそんなことは知らないのかしら？　エリートさん」

「存じませんね」

「なら、存分に学びなさいな。きっとあんたにとっても有意義な休暇になるわよ」

孝は、はっとした。

仁に出された課題のことを思い出したのだ。

「アミーガさん、一つ伺っても？」

「なーに？　今日の下着なら紫のジョックストラップよ」

ジョックストラップとは本来スポーツ用のサポーターだが、臀部《でんぶ》が丸出しになる形状からセクシー下着として一部に人気があるのだそうだ。そんな情報はいらなかった。

「い、え……。そうじゃなくて。まじめな話をしてもいいですかね」

居住まいを正した孝に感じるところがあったのか、杯を置いたアミーガがぴんと背筋を伸ばした。

「いいわよお。どっからでもかかってきなさい。受けて立とうじゃないのさ」

「うん。じゃあ訊きますが、あなたにとって料理とは何だと思われますか？」

　孝の問いに、今日の下着に合わせたのだろうか、紫色のアイシャドウに彩られたアミーガの切れ長の目が大きく見開かれる。

　アミーガのまなざしはどちらかというときつい。

　本日は概《おおむ》ねご機嫌だったが、「不機嫌な時は二、三人殺《や》ってきた目をしている」というのがカイカマヒネとマルルリアンのアミーガ評で、山田もこれに深々と頷いていた。

　その目がふうっと緩められる。

「アタシにとっての料理ねえ」

　何を思うのか、アミーガの口許に笑みが浮かんだ。

「そうねえ……」

　少し皺《しわ》の出はじめた顔をほころばせ、アミーガは噛みしめるように言う。

「結ぶもの、かしら」

「結ぶもの、ですか」

　同じく噛みしめるように繰り返す。

「それは人を、ってことでしょうか？」

「ええ、そうね。人を結び、縁を結び、思い出を結ぶもの。あらヤダー。ポエムね。ちょっと酔っちゃったみたい」

「それは……」

どこからか秋の虫の声が聞こえる。

孝は少し考え言った。

「なかなか奥が深いですね」

「ふふっ。そうかしら。秋だものねえ、満月に月下美人。おいしい料理、いい酒、傍らに美青年。そりゃ思索を深めるにはもってこいだわよ」

アミーガは照れたように孝の肩を小突いているが、考えさせられる答えだった。

「ねえ、孝ちん。夏休みが終わったらあんたは仕事に戻るんでしょ？」

不意にアミーガが言う。

「ええ、残念ながら。会社は働かない社畜をいつまでも養っちゃくれませんからね」

「そりゃそうだ。でも、また来るといいわよ。仁ちゃんや山田と一緒に、あの美少年も連れてね」

思わず言葉に詰まる。

仁はこの先、橘グループに戻り、「出張料亭・おりおり堂」は廃業するのだ。

少なくとも自分がここにいるのはそのためだ。

「お三方は、おりおり堂の休業中にもこの会合を？」

「集まってたわよ。アタシたちにとっちゃアンタ生きてたの？　ちょっと老けたんじゃねえのって生存確認も兼ねてるんだからさ」

そう言ってアミーガはきゃらきゃらと笑った。

「だけどさ、ダメなのよねえやっぱり。出前取ったり、みんなで持ち寄ったりもしたんだけど、三人じゃ盛り上がらないのよ。他の料理人を呼ぶ気にもならないし。そりゃあね、あれだけのイケメンがいるといないじゃ大違いじゃない」

「か、顔？　顔ですか」

そこかよと思ったがアミーガは首を振った。

「それはもちろんだけど、もうねえ、何というのか仁ちゃんや山田含めて一つの固まりになっちゃってんだろうね」

「固まり、ですか」

アミーガはキャッと小さく声をあげた。

声を抑えている分、顔の表情がうるさい。

これもアミーガなりの近所に対する配慮だろう。

「ちょっとヤダぁ、別に家族だとか言ってないんだからね。もうアンタってば、こっぱずかしいヤツだわね」

ばしばしと腕を叩かれた。

いや、俺、何も言ってない——。

しかし、アミーガの言わんとするところは何となく分からないでもなかった。

思い当たることがあるのだ。

箸だ。

酒の肴《さかな》にと山田が持ってきてくれた（作ったのはもちろん仁だ）ささみと三つ葉の和え物を小皿に取ったアミーガが手にした箸を見て、孝はぼんやり考えている。


山賊の宴が始まる前、テーブルには人数分のランチョンマットが置かれていた。

山賊三人、仁と山田に見習い二人分だ。

「アミーガさん、お箸はどうします？」

山田が訊いた。

「いつものところにあるわよ。アンダー三十男子たちの分は割り箸ね」

アンダー三十男子？

あ、三十歳以下の男子ってことかと思い当たる。

要は孝と虎之介のことだ。

アミーガの指示で山田が持って来たのは長方形の木箱だった。

中に入っていたのは箸だ。

塗りや模様の入ったもの、木目の見える無骨なもの、黒檀《こくたん》のシンプルなもの。

形も六角形や丸、長さもそれぞれ微妙に異なる。

まったく別々に贖《あがな》われたことが分かるのだ。

それらを山田は迷うことなく、それぞれの場所に並べていく。

「あの、山田さん。それは？」

こっそり訊ねると、山田は驚いたような顔をしたが、すぐにああ、と思い当たったようだった。

「これはアミーガさんが皆さんや私たちの希望を聞いて買ってきて下さったんです。最初は私たちも割り箸だったんですけどね。どうせ毎回一緒にいただくんだから、と」

「アンタたちのお箸は久しぶりの出番よ。良かったわー。このまま陽《ひ》の目を見なかったらどうしようかと思ったわよ」

などとアミーガはぷりぷりしながら言っていた。

料理人のための箸までもが用意されているとは。

どういう話だそりゃ――。

首を捻《ひね》ったが、確かに仁や山田も料理の合間に、アミーガたちに促されるまま手を止めテーブルについて一緒に食べているのだ。

それだけ親しいということかと考える。

ささみと三つ葉の和え物はわさびが利いていて冷酒によく合った。

先程満腹だと思ったのに、仁の料理ならいくらでも入るのだ。

「ごちそうさまでした」

使い終えた割り箸を袋に戻している孝にアミーガが言った。

「アタシ、気前がいいのよ。孝ちんにもお箸用意してあげるわ。どんなのがいいかしらね」

アミーガは若々しい巨漢レスラー（ではないそうだ。元がつくらしい）ではあるが、実はそれなりの年齢だそうだ。

時間が経つにつれ（あるいは山賊料理の脂のせいか）メイクが剝がれた箇所からは少し疲れた年輪のようなものが顔を覗かせている。

「そうですね、また機会があれば」

そう言って立ち上がる。

「さ、そろそろ片付けも終わったようですし、私もお暇《いとま》します」

「そ。またいつでも来なさいね。待ってるわよ」

さすがに答えることができなくて、孝は曖昧《あいまい》に微笑した。

◆

アミーガ宅を辞してマンションの前に山田と二人で立っている。

仁が車を回してくる間、足もとに荷物を置いて待っているのだ。

ちなみに虎之介は仁にくっついて一緒に行ってしまった。

よくよく考えれば人数の関係で孝は車に乗れないのだ。

なんでここで待ってなきゃならないんだとは思うが、時刻は既に零時を回っている。

さすがに深夜に女性を一人で立たせておくわけにもいかないと思う程度には、孝は紳士だった。

どうせ自分はタクシーを拾って帰ることになるのだから急ぐこともない。

そんなわけで甚だ不本意ながらも、山田に付き合っている。

沈黙が気まずい。

この山田、鈍感なのかと思ったが、孝が自分に対してあまりいい感情を抱いていないことに気付いているようなのだ。

向こうも居心地が悪そうだ。

何か喋るべきなのだろうが、孝は今、山田澄香という女に対する自分自身の感情がどうあるべきだったのかを見失いそうで、言葉を出しあぐねていた。

「あ。こ、孝さん」

意を決したように山田が口を開く。

先を越されたか――。

孝は唇を噛んだ。いくら山田とはいえ、こんな風に女性の側に気を遣わせてしまうとはモテる男のするべきことではない。

いや、別に山田にモテたくはないのでいいのだが。

ショックを押し隠して「はい」と返事をする。

「いかがでしたか。今夜の出張は」

「そうですね……。何というのか驚きです」

「あ、アミーガさんたちがですか。濃い方々ですもんね」

なにげに失礼だなキミはと思ったので、皮肉を滲《にじ》ませ言った。

「いや、そうではありません。驚いたのは料理の方です。邪道どころかあれではまるで山賊の宴ではないですか」

山賊の宴という言葉がツボに入ったらしく、山田が腹を抱えて笑う。

孝はいらっとした。

「まじめな話をしていますので耳を傾けていただけますか。率直に申し上げてあれでは兄の本来のパフォーマンスが発揮できないと思います。効率が悪すぎる」

橘孝、ビジネスの現場では相手を断罪することもあれば、理詰めで完膚《かんぷ》なきまで叩きのめすこともある。

冷酷な口調を支えるロジカルシンキング、揺るぎない信念、明快な論理的根拠。

社内の重役さえ震え上がらせるに足るものだった。

山田もさすがに真顔になっている。

「効率、ですか……」

孝は頷く。

どれほど腕のいい料理人でも、材料や設備が整っていなければ、本来の能力を発揮することはできないだろう。

最高のパフォーマンスを見せるには、それなりの条件が必要なはずだ。

使いやすい厨房設備であったり、吟味された食材が不可欠なのだ。

そう考えれば、仮にもお金をいただいて料理を作るプロが自前の店ではなく、わざわざやりにくい場所に出かけていくこと自体、職責の放棄《ほうき》なのではないかという気がする。

客の方からすれば出かけていく手間が省けていいかも知れないが、料理人の側から考えれば、わざわざハンデを背負うようなものだ。

腕に自信のない人間ならばともかく、仮にも一流と呼ばれた料理人のやるべきことでは

「考えてもみて下さい。ひどい無茶ぶりじゃないですか。和食の料理人に使わせる食材がベーコンだとか」

山田はうーんと考えて、にやっと笑った。

「仁さん、ああいう無茶ぶりみたいなの大好きなんですよね」

「は？　何が好きですって？」

そんな情報、当方は持っておりません。

つい尖った声が出る。

前言撤回。やはりこの女、鈍感だ。

「出張料亭・おりおり堂」について色々考えすぎた挙句に、内心腹を立て始めた孝の、冷徹なまなざしをものともせずに言うのだ。

「即興料理っていうんでしょうか。そこにある食材で何か作るの、仁さんお好きなんですよ。以前にそういう企画をやったことがあったんですが、あの時も仁さん、すごく楽しそうだったなあ。だから今夜の山の幸とか、地鶏とかもですけど、何を作ろうかってわくわくしているのが分かるんですよね」

そうですか。柱の陰から見ていた俺には全っ然分かりませんでした。

孝は思わず真顔になった。

なんで俺に分からないことを一人で分かったような気になってるんだこの女――。

そういえば、地鶏は山賊焼きの他にも残ったきのこなどを入れて煮込み料理になっていたし、骨やガラはしょうがやネギの青いところを入れてスープを取っていた。

煮込みはアミーガの明日のおかずになる分のほか、先に帰ったフレンズたちの手土産《てみやげ》にもなった。

スープは一部は冷凍保存。

残りはアミーガの朝食のためにと、仁は中華粥《ちゅうかがゆ》を作っていた。

トッピング用の鶏肉には香辛料をきかせ焦げ目がつくまで焼いてある。

さらには白髪《しらが》ネギ、湯がいた青梗菜《チンゲンサイ》まで用意されているのだ。

まさに至れり尽くせり。

温め直し、食べる時にごま油を回しかけるといいそうだ。

ちょっと覗いただけで、めちゃくちゃうまそうじゃんと思ってしまったが、それはそれ、これはこれである。

「そういう企画とは？」

苛立ちを隠さない孝に、山田はのほほんとした口調と顔で説明し始めた。

「出張料亭・おりおり堂」ではかつて、『おためし出張料亭』というのをやったことがあるそうだ。

これがどういうものかといえば、その家の冷蔵庫にあるものだけを使って、おためし料理を作るのだという。

格安の料金設定に希望者が殺到し、その時のご縁で常連になったお宅も何軒かあるらしい。

だとすると、経営戦略としてはまあアリなのかも知れないが、仁のやっていることは料理人にとっての自殺行為でないかという思いは拭えない。

この場合、死ぬのは誇りや矜持といったものだ。

「どこが楽しいんでしょうかそれ、私には分かりかねますが。第一、料理人としてはどうなんですかね」

辛辣《しんらつ》な孝の言葉に山田は「あー」と間の抜けた声をあげた。

考えているのか、否定なのか肯定なのかも分からない。

毎度ながら思うが、孝が今まで相手にしてきた女性たちは、こんなわけの分からない声をあげたりしなかった。

挙動不審というよりは、先の行動の読めない珍獣を見る思いだ。

そういえば、この女、どことなくウォンバットに似ているのではないかと考え、内心大笑いしてやった。

まったく「月下美人の君」と同じ人類だとは信じがたい思いがする。

「何というのか。仁さんの料理ってそういうものなのではないかと」

「そういうものとは？」

ついさっき、同じように聞き返した気がする。

この女の言葉が足りないというか、感覚的すぎてこちらに伝わってこないのだ。

ある意味、孝を苛立たせる天才かも知れなかった。

「あー。私も説明できるほど分かっているわけではないんですが、何というのか、完璧な、
それこそ芸術品みたいな料理を作るよりも、材料はあり合わせでもいいから、おいしいも
のを作って、食べる人が喜んでくれるのを近くで見ていたいと思ってるんじゃないかな
と」

何だろう。腹が立つ——。

その腹立ちの正体を考えて、孝は思い当たった。

敬語だ。

山田は別に敬語が使えないわけではない。

桜子について語る際など、きちんと相手を敬《うやま》った話し方をしている。

ところが、だ。

仁に対してはほとんどそれがないのだ。

一介の助手にしては不遜な態度ではないか。

と、ほとんど小姑《こじゅうと》のような感想を孝は抱いていた。

さらに問題なのはその距離感だ。

何だ何だ、この誰よりも仁さんを近くで見てます的な語り口は——。

それらがあいまって、山田の話を聞いていると、まるで仁の恋人から孝の知らない兄の素顔について聞かされているような気分になるのだ。

不快このうえない。

許さんぞ山田。

孝は内心考え、不敵な笑みを浮かべた。

敵対する相手には常に挑発を忘れない。

それが孝の生き様だ。

「じゃあ山田さん。一つ教えていただけますか」

「あ、はい。何でしょう？」

「兄にとって、料理とは何だと思いますか？」

山田はさすがに即答はできないようで、うーんと唸りながら首を傾げてしまった。

そうだろう。

答えられないだろう。

さあ言ってみろよ。

仕事だとか生き甲斐だとか、どこかで聞いたような凡庸《ぼんよう》な答えをしたら、思いっ切り失笑してやる——。

通りの向こうから仁の車が姿を見せる。

おもちゃのようなミントグリーンの小さな車だ。

ヘッドライトが植え込みをさっと照らす。

山田がぽつりと言った。

「仁さんにとっての料理は」

どんな答えを返す気か。

思わず山田の横顔を注視した。

「仁さんが呼吸をするために、必要な場所なんじゃないかという気がします」

薄暗い街灯《がいとう》にぼんやりと照らされた山田の顔には、意外にも決然とした表情が浮かんでいた。

6

九月十一日。

見習い十六日目。

形勢不利だ。

山田の言うことを全面的に信じるわけではないし信じたくもないのだが、ブランクこそあれ、この数年間、仁のもっとも近くにいた女であることは間違いない。

その山田の見立てを頭から否定するのもどうなのか。

◆

仁にとって料理とは、呼吸をするために必要な場所――。

もし、山田の言う通りだとすると、仁をここから連れ戻す作戦はなかなかに厳しいかも知れない。

橘グループ総帥の地位につけば、料理をしている時間は取れない。

当然ながら激務なのだ。

仕事の合間に趣味としてならできなくはないかも知れないが、果たして仁はそれで満足してくれるだろうか。

あの手この手と策を弄して仁を連れてきたものの、料理のできないストレスで酸素供給を断たれた金魚みたいに死んだ目になられてしまっては困るのだ。

それともあれは泳ぎ続けていないと死んでしまう魚のように、料理をし続けていないと呼吸ができないという意味なのか？

「料理ねえ……」

たかが料理、されど料理。

それにしたって、まさか山田があんな答えを出してくるとは。

ちょっと山田を甘く見ていたかも知れない。

対する孝はといえば、自分自身に与えられた課題の答えがまるで見いだせずにいる。

料理はあまりにも未知の分野であり、答えの導き方がてんで分からないのだ。

思考が袋小路に入り込んだみたいだ。

何も見出せないまま、日々が過ぎていく。

◆

「すみません、お呼びたてしてしまって」

「いいえ。またお会いできてとても嬉しいですわ」

ふわりとした笑顔は控えめなのに、口許のほくろがどこかエロティックで、昼間の明るい光の中で座る彼女の姿をどこかちぐはぐに見せていた。

ガラス張りのレストランで孝が向かい合っているのは丹羽エリカだ。

あの夜、孝は密かに彼女と会う約束を取り付けていた。

その時点で何をどうしようと考えていたわけではない。

だが、いずれ切り札になるかも知れない彼女をそのまま帰すほどのマヌケではなかった。

週末に行われる彼女のコンサートのチケットを複数枚買い取るのが口実だ。

今日は肉や魚を苦手とするエリカのために、ヴィーガン向けの店を選んでいた。

「まあ。おいしそうですね」

彼女はそう言いながら運ばれてくる皿をにこにこしながら眺める。

しかし、少し箸をつけるだけで一向に料理は減らない。

孝も孝で、自分の皿を持て余していた。

決して料理がまずいわけではない。

肉や魚を使っていないとはいえ充分おいしく調理されている料理のコースだ。

最初は小食のエリカに引きずられて食が進まないのかと思った。

だが、違う。

動悸《どうき》が激しい。

孝は目の前の女性に強烈《きょうれつ》に惹かれていた。

まるで毒を盛られたかのようだ。

息苦しくて、全身が震える。

上気し、頭がぼうっとかすむ。

「あなたは、月下美人のようですね」

熱に浮かされたように、あの日見た花の美しさを語り、ついにはそんなことを口走る。

エリカを前にすると、その黒い瞳とほくろ、そして濃いベージュの口紅に彩られた唇で視界が埋め尽くされて何も考えられなくなるのだ。

仁との仲を取り持とうとか、山田を排除するための駒《こま》にしようとか、そんな考えを全部どこかに置き忘れたかのようにただ、彼女から目が離せない。

これは、もしかすると恐怖なのではないかと思い当たったのは、彼女がこう言ったからだ。

「孝さん。月下美人の花言葉、知っていますか？」

妖艶な笑みに頭の芯《しん》が痺《しび》れるようだ。

「儚い恋、でしたか……あと、秘めた情熱だったかな」

「そうですね。でも、もう一つありますよ。危険な快楽というんですって」

店内はほどよい室温だ。にもかかわらず孝は全身がじっとりと汗ばむのを感じていた。

彼女の瞳が黒すぎるのだと思った。

ヘビに睨《にら》まれたカエルというのはもしかするとこんな心境なのではないか、と頭のどこかで考えている。

永遠にも続くかと思われた食事を終え、コンサートのチケットを買い取って、エリカと別れた。

孝はほううと大きな溜息をついた。

全速力で走り抜けた後のように疲労感が強い。

催眠術《さいみんじゅつ》にでもかかったかのようにふらふらと歩き、一度など赤信号で横断歩道に踏み出し危うく車に轢《ひ》かれかけた。

どうにか地下鉄に乗って、地上に上がる。

まだ動悸がする。

「あ。孝さーん」

通りの向こうから声が聞こえ、孝は目を見開いた。

手を振っているのは山田と虎之介だった。

その瞬間、感じた安堵《あんど》をどう説明すればいいのか。

のんきそうなウォンバットと、やたら顔の可愛い青年が頭の後ろで手を組みながらこちらへ寄ってきた。

「今日はお仕事だったんですよね。これからおりおり堂へ見えますか?」

「は、一応そのつもりです」

取《と》り繕《つくろ》うように咳払《せきばら》いをして答える。

山田の顔を見てほっとしたとは死んでも気取《けど》られたくなかった。

「今からまかないの買い出しに行くんだぜー。孝君も来いよな」

虎之介が言う。

「あ、ああ……。そうだな」

「孝さん。あの、大丈夫ですか？　顔色悪いみたいですけど」

山田に顔を覗き込まれそうになり、慌てて眼鏡の位置を直す。こんなところで謎の鋭さを発揮しないでくれと思った。

◆

「この系統のお菓子は昭和《しょうわ》の時代からあるらしい。この横文字の名前がおしゃれだったんじゃないかな」

スーパーの菓子売り場で虎之介が言った。

山田が向こうで顔見知りの老人に捕まって話し込んでいるので、二人で移動してきたのだ。

絶対に昭和の時代に生まれていなかったであろう彼に説明されて、あ、ハイと頷く。

「まずはこのメーカーのシリーズ。あと、これとかさ、これもそう。こういうのをばあちゃん菓子って呼ぶんだってさ」

「ばあちゃん菓子？」

虎之介が指したのは先ほどのメーカーの焼き菓子に加えて、砂糖の粒《つぶ》をまぶしたゼリー状の菓子や金銀の包みの立方体などの袋菓子だ。

「そ。ばあちゃん家《ち》に行くと用意されてるとか、ばあちゃんがおやつにくれるとかそんな意味らしいよ」

「へえー」

孝にはそういう一般的なばあちゃんがいないので、今一つぴんとこないのだが、パッケージを手に取って眺めているうちに、いや待てよと思い出した。

これ、この白いクリームのお菓子を食べた覚えがある。

記憶を辿《たど》って思い出した。

小学校の時の親友、現在は警視庁の敏腕刑事《びんわんデカ》である石田だ。

近所に住んでいた石田のばあちゃん家を一緒に訪ねたことが何度かあった。

その時、出されたお菓子がこれだった。

「あー。ばあちゃんね、これくれるわ」

懐かしいので買って帰ることにした。

その夜、自宅に戻った孝はソファに座り、夜景を眺めながら菓子のパッケージを検分していた。

昭和レトロな書体で商品名が印刷されたパッケージに、個包装された棒状の菓子が整列している。

クッキーにミルククリームのかかったお菓子だ。

「珍しいものをお持ちですね」

驚いた様子の須藤に頷く。

「君も食べるかい。ばあちゃん菓子というそうだ」

「ではお茶を。何にいたしましょうか」

「そうだな。これは麦茶が合うんだろうが、うちにはないよな」

「ございませんね。買って参りましょうか」

孝は苦笑した。

「いや、紅茶でいい」

麦茶が合うと思ったのは、石田宅で出されたこのお菓子がやけにおいしく感じられたのを思い出したからだ。

石田のばあちゃん宅では夏の飲み物は麦茶と決まっていた。

石田は学校では割と飄々とした感じの存在だった。

我が道を行く、ちょっと大人びた小学生だったのだ。

しかし、彼はばあちゃんの前では甘えん坊だった。

当たり前のようにばあちゃんの膝《ひざ》にごろりと転がる石田を見て、孝は我が目を疑い、二度見したほどだ。

驚いて声も出ない孝に気付いて、石田はしまったという顔をした。

ヤツは起き上がると、開き直ったように言ったのだ。

「しょっ、しょうがねえな。孝君だけに特別だ。ばあちゃんの膝を貸してやる」

今から考えると、何を勝手に貸与してんだよという話だが、当時の孝としては優しそうな石田のばあちゃんの膝枕が羨ましくて仕方がなかった。

もちろんこの時は固辞《こじ》したが、それから何度か訪ねるごとに、ちらちらと石田のばあちゃんの下半身（ヘンな意味ではない）を盗み見てしまうほどには憧れた。

何しろ生まれてこの方、孝は祖母はおろか母親の膝枕というものも体験したことがなかったのだ。

いや、膝枕だけではなかった。

誰かに甘えるという行為を許されたことがなかった。

教育係は何人か替わったが、彼や彼女たちは必ず一線を引いて孝に接しており、そもそも甘える対象などとは思えなかった。

我ながらずいぶんとストイックに生きることを強いられたものだ。

子供時代の自分が哀れになるが、唯一孝が甘えることができた相手がいた。

それが兄の仁だったのだ。

そんなある日のことだ。

孝が小学四年になって間もなく、仁が言った。

「孝。秘密を守れるか？」

「え？　う、うん」

「そうか。絶対に父様や母様には知られちゃ困る。誰にも言うなよ」

大好きな兄から秘密の共有を持ちかけられて、孝は飛び上がって喜んだ。

どきどきしながら仁に連れられ、出かけた先にあったのは「骨董・おりおり堂」だった。

「兄ちゃん、ここは？」

「もう一人のおばあさまのお店だ」

秘密めいた言い方に孝は緊張《きんちょう》を覚えながら、おずおずと仁の後に続いた。

からからと音を立てる引き戸。

店内にはジャズが流れていた。

古いうつわや小さな仏像、西洋の雑貨が並ぶ、不思議な空間が拡がっている。

その店はまるで秘密基地みたいで、孝はわくわくした。

おりおり堂は骨董店といっても、無愛想な爺《じい》さんが店番をしているような古くさい店ではない。

現代感覚も取り入れたハイセンスな店だ。

今と同じで、店内には洒落た暮らしを提案するような普段使いのうつわや、気の利いた小物などが並べられていたのだろう。

同時に感じた空気感は独特だった。

一歩足を踏み入れれば分かる。

上品で優美。それでいて肩の凝らない、ふんわりと包み込むような空気が流れている。

それは今でも少しも変わらず、先日久方ぶりに足を踏み入れた孝は懐かしさに泣き出しそうになったのだ。


「はじめまして、あなたが孝さんね。わたくしは橘桜子。よろしくね」

この時、初めて孝は桜子と引き合わされた。

孝は挨拶するのも忘れて、ぽかんと彼女を見上げていた。

なんて美しい人なのだろうと思ったのだ。

彼女は当時既に還暦《かんれき》を超えていたはずだが、孝の目には神秘的にさえ映った。

さらにはその優しいまなざしと仕草。

そして、おいしいごはんが出た。

それまで、孝は家族で食卓を囲むという体験をしたことがほとんどなかったのだ。

大抵、両親は仕事で出かけており、仁と二人で教育係に見守られながら食事をするのが常だった。

料理自体はまずいものではない。

時期によって事情が異なったが、家で抱えていたシェフが作ったものか、あるいは名のあるレストランから運ばれてきたものがそのまま出されていたからだ。

しかし、教育係は一緒に食事をする相手ではなく、子供たちの躾をするために同席しているのだ。とても、楽しく食事をするような雰囲気《ふんいき》ではなかった。

それがどうだろう。

桜子の許では彼女が作ったおいしいごはんを、皆でわいわい言いながら食べるのだ。

もう一つ驚いたのは祖父に会ったことだ。

多忙を極めているはずの祖父が「骨董・おりおり堂」にはしょっちゅう姿を見せていた。

それまで橘の本家で会っても通り一遍《いっぺん》の言葉しかかけられることがなかったのに、ここでの祖父は別人のように雄弁だった。

お気に入りである褐色《かっしょく》のマグカップに桜子が淹れたコーヒーを満たし、目を細めて仁や孝を見る。祖父はおもむろに口を開くと、仕事の話や、海外の珍しい文物の話などを聞かせてくれた。

家では家庭料理と呼べるようなものが滅多に出されないから、ここで初めて食べたものは沢山ある。

野菜炒めに豚汁《とんじる》、八宝菜《ハッポウサイ》や餃子《ギョーザ》に春巻き、鶏の唐揚げ、肉じゃが、親子丼、イカ大根、さんまに焼きそば、いなりずしなど。

慈愛に満ちていたのは料理だけではない。

桜子は孝の他愛《たわい》のない小学校でのできごとを楽しそうに聞いてくれたのだ。

最初は遠慮がちにおずおずと、やがて昔からの祖母と孫のように打ち解けて、孝は桜子に甘えた。

もっとも実の祖母ではないことから、孝にはどこかに遠慮があり、石田のように無条件に甘えることはできなかった。

それでも孝の人生の中で唯一愛情に溢れた温かい時間の記憶なのだ。

この人が本当のおばあさまならどんなに良かっただろうと、当時の孝は毎日思っていた。

自分の知る祖母は、外でこそ社交的に振る舞っていたが、家の中では大抵険しい表情でおり、仁や孝など目に入らないかのようだったし、料理を作って食べさせてもらったことなど一度もない。

さらに彼女はどういうわけか、仁をことさら疎んでいた。陰で仁を排除すべく暗躍していただけでなく、実際に仁に対する風当たりも相当に強かったようだ。

思い出すと、胸が苦しくなる。

どうやら彼女には仁の他に後継の座につけたい婚外子《こんがいし》がいたらしいと、最近になって孝は知った。

彼女が橘の家に入ってくる以前に生んだ子供の息子《むすこ》らしい。

十年ほど前に彼女は亡くなったのだが、最後まで橘の本妻となることはなかった。

この辺りのことはあまり聞こえのいい話ではないので、おおっぴらにはされていない。

第一、不愉快の種は既に摘まれた後だ。

もう済んだことなのだ。蒸《む》し返すつもりはなかった。

孝としてはただ仁に言ってやりたかった。もうあの女の勢力は一掃されたのだ。

だから、安心して戻ってこいと。

須藤が淹れた香り高い紅茶とミルククリームのばあちゃん菓子は、合うような合わないような微妙な取り合わせだった。

「須藤の紅茶もうまいけど、ばあちゃん菓子にはやっぱ麦茶かな」

呟きながら、さくさくとクッキーを囓《かじ》る。しっとりしたミルククリームが素朴《そぼく》で優しい味だ。

孝は普段、あまり甘いものを好まないのだが、このお菓子が妙に懐かしいものだから、ついつい手が伸びてしまう。

須藤にも勧めると、同じように「何やら懐かしい気がいたしますな」と頷いている。

須藤は菓子を洋皿に入れて出してくれたのだが、テーブルの上にクリーム色と黒のツートンに金のラインが入った包みがいくつも散らばり、笑ってしまった。

「こういったものをばあちゃん菓子と呼ぶのですね」

まじめな顔に不似合いな単語を口にする須藤がおもしろくて、ばあちゃん菓子についての聞きかじりの知識を語る。

「あ」

ふと、考えないようにしていたことが甦《よみがえ》り、孝は顔を顰めた。

無理やり記憶に蓋をしていたつもりだが、どうにも苦いものが残っているのだ。

今日のエリカのこともそうだが、あの恐怖に近い時間は、その後の山田と虎之介との会話で霧散した。

悪夢でも見たような気分だったが、苦く感じるのはそれではない。

その後に起こった異変だ。

◆

スーパーで虎之介からばあちゃん菓子についてレクチャーを受けていた際、ふて腐れている子供を見た。

小柄な中学生か、小学校高学年ぐらいだろうか。ちょっと髪が長めの少年だ。

何故印象に残ったかというと、孝が今食べているのと同じ菓子をカゴに入れていたからだ。

彼のカゴの中はお菓子やジュースのペットボトルで一杯だった。

スナック菓子やチョコレート、グミなど。

いかにも今時の子供に人気のありそうな商品ばかりの中に一つだけ、例のばあちゃん菓子のパッケージが交じっていたのだ。

印象に残ったのはふて腐れたような彼の表情がどこか悲しげで、妙に心を揺さぶられたせいだ。

少年に何があったのか知る由もないのだが、その表情を見ただけで、いつか孝自身が感じたやるせなさが甦ってくるのが分かった。

それがいつの、何を指しているのかは自分にも分からない。

ただ、目の前の子供に対し強い親近感を覚えた。

虎之介が口にした「ばあちゃん菓子」という言葉が聞こえたのだろう。

気を悪くしたのか、少年は精一杯肩を怒らせ、一旦、その菓子を元の場所に戻しかけた。

だが、思い直したのか再び手に取ると、カゴに投げ入れ、憤然《ふんぜん》とレジへと向かって行ったのだ。

「悪いことしちゃったかな」

虎之介が肩をすくめる。

「難しいお年頃なんだろ」

適当に答えながら少年を見送った。

「しかし、今時の子供もばあちゃん菓子の魅力に抗えないわけか。昭和の底力《そこぢから》だな」

「このパッケージがまったく変わってないのもカギだと思う」

虎之助はマーケティング分析まで始めてしまった。

「ところで虎之介。さっきの子供の『物語』はどんななんだ？」

「さあね。お誕生会でもやるんじゃね？」

虎之介は子供にはあまり興味がない様子で食いつきが悪かった。

「カゴの中のお菓子の中で、これ一つだけテイストが違ったように思えたんだが」

もう一押し投げかけてみたのだが、「ばあちゃんのお遣いとかなんじゃないの？」と切り捨てられてしまった。

スーパー前の植え込みのブロックの上に足をかけていた虎之介がそのままくるりとターンを決める。

「さーて。今日のお料理指南はおしまい。俺、これからバイトの面接に行くから、こっから別行動な」

「え、何？　バイトすんのお前」

驚く孝に虎之介は頷く。

「いつまでも穀潰《ごくつぶ》しってわけにはいかないじゃん。生活費ぐらい稼がないと」

「へえー。ってかさ、その心がけは立派だけど、大丈夫なのか色々と。記憶喪失で雇ってもらえるのか？」

どう考えたって履歴書の書きようがないだろうと思ったのだが、どうやらバイト先は仁や桜子が懇意《こんい》にしている御菓子司・玻璃《はり》屋らしい。

奥さんの親御《おやご》さんが入院されたとかで、暫《しばら》く店を留守にする奥さんに代わり、ピンチヒッターを頼まれたそうだ。

つまり面接とはいっても採用は決定済みで、雇用《こよう》条件などを詰めるために出かけるようだ。

しかし、この虎之介というのも不思議な青年だなと改めて思った。

孝は今もって御菓子司・玻璃屋の主人と挨拶を交わすぐらいしかしたことがないのに、虎之介はいつの間にか親しくなっている。

するりと懐に入ってくる猫のような青年だった。


虎之介と、菓子を買いに玻璃屋に同道するという山田の二人と別れて、「骨董・おりおり堂」に戻ろうかとぶらぶら歩いていると、目の前を自転車が横切った。

あっと思った。さっきの小学生だ。

相変わらず面白くなさそうな顔をして、だるそうにママチャリを転がしている。

前カゴにはお菓子の山でぱんぱんに膨《ふく》らんだレジ袋。その上に見えるのは持ち帰り弁当チェーンのロゴマークだ。

孝が虎之介とスーパーで他人のカゴの中の宇宙について語り合っている間に弁当屋に寄っていたのだろう。

腕時計を見ると、時刻は六時を回ったところだ。

夕食か。母親にお遣いを頼まれたとか？

だとするとお誕生会？　あのお菓子の山は明日の用意だろうか。

あるいはこれから塾にでも行くのかと思ったが、それにしては菓子の量が多い。

塾でみんなで食べる分かとも思ったが、見るともなしに見ていると、彼は塾の立ち並ぶ駅前の喧噪《けんそう》から遠ざかり、裏通りの方に進んでいく。

何となく後ろをついて歩く形になった。

少年の自転車はのろのろ運転だ。

ふて腐れた顔といい、家に帰るのが面白くないといったところだろうか。

「ふ……」

苦笑交じりに溜息をつく。

何故だろう。ひどく既視感があった。

さっきスーパーで見かけた折にもひっかかったものだ。

少年の表情や行動などが、孝の中の何かに訴えかけてくるのだ。

何かとても重要なことを忘れているような気がするのだが、それが何なのか思い出せない。

孝はしきりに首を傾げながら少年の自転車の後を追いかけた。

そういうと不審者のようだが、断じてそうではない。何となく同じ方向に向かって歩いていっているだけだ。

少年の自転車は大通りを西に入った。

ここを行くと、昔ながらの屋敷が建ち並ぶエリアに出る。

高い塀《へい》が続くばかりであまり人けがなかった。

閑静《かんせい》ではあるが、夜に女性が歩くのはいささか憚られるような場所だ。

「この道か……」

細い路地を抜けると、そこは異世界のようだった。

通りの向こうには屋敷の塀が続いている。その向こうには鬱蒼《うっそう》と茂る樹木が見えた。古いお寺があるのだ。

沈みかけた夕日が空を真っ赤に染めている。

長く伸びる塀の下部は徐々に闇に飲み込まれ始めている。

地面の黒と空の赤。

そのちょうど中間に自転車の車輪と少年がシルエットになって浮かび上がって見えた。

孝は手足が凍り付いたようになって、自分が動けなくなっていることに気付いて驚いた。

何だ？　どうしたんだ？

自らに問うが、返ってきたのは沈黙だった。

代わりに湧き上がってきたのは不安だ。

足もとに闇が忍び寄ってくるのと同時に、どうしようもない焦燥《しょうそう》にかられる。

急がないと、逃げないと――。

そう思うのに身体が動かない。

どういうことだ？　何か、とても大切なことを自分が忘れているような気がして、背中に冷たいものが走った。

鍵《かぎ》を握るのは「骨董・おりおり堂」か？

小学生の時、仁に連れられて初めて訪れた時から、一年、いや二年ぐらいは通っていたはずだ。仁と一緒のこともあれば、孝だけのこともあった。

あれほど憧れた桜子と、宝物のような秘密の場所なのだ。

いつからだ？

いつから俺は行かなくなった？　自らに問いかける。

恐怖さえ覚えた。

何故、自分は「骨董・おりおり堂」に行かなくなったのか――。

孝にはまったく思い出せなかったのだ。

◆

九月十六日。

見習い二十一日目。

山田は暴走機関車だった。

恐ろしいレベルのトラブルメーカーになる可能性あり。

◆

九月の第三月曜日は敬老の日だ。

その日、「出張料亭・おりおり堂」では町内の老人会の依頼で区民ホールの台所を借りて一口御膳《ごぜん》を作ることになった。

催しに集まった人たちに、ちょっとした肴と赤飯をセットにして配るのだ。

仁に同行したのは山田と孝。

「骨董・おりおり堂」は休みで、桜子は友人と観劇に出かけている。

ちなみに虎之介は例のバイトで玻璃屋。

孝が呼ばれたのは一口御膳の数が多いからだ。

人海戦術というわけだ。

まあ例によってあまり役に立ったとはいえないが、どうにか働いた。

後片付けを終えると三時近い。

三人だけなので孝も車に乗せてもらうことになった。

おもちゃみたいな車の後部は嘘みたいに狭い。そこに大変不本意ながら山田澄香と並んで座っているわけである。

「あっ」

不意に山田が声をあげた。

「すみません仁さん。ちょっとコンビニに寄ってもらっていいですか」

「骨董・おりおり堂」の支払いがあるのを忘れていたそうだ。

ちょうど目についたコンビニに車を入れると、仁もペンを買いたいからとシートベルトを外している。

狭苦しい車の中に残るのも何なので、孝も一緒に降りることにした。

といっても別に欲しいものもない。

手持ち無沙汰に酒の棚を眺めていると、珍しいワインを見つけ、おっと思った。

「へえ、コンビニにこんなのあるんだな」

思わず呟くと、用事を済ませていたらしい山田が言った。

「ここのコンビニ、元は酒屋さんだったそうなので、お酒が豊富なんですよ」

「へえ、そうなんですか」

山田め、すっかり地域に馴染《なじ》んでいるんだなと思いながらも頷く。

確かにワイン以外にも酒類の品揃えが豊富だし、こだわりを感じるラインナップだった。

さすが仁の助手というべきか、桜子が後継に考えているだけのことはあるというべきか、山田は酒類にも詳しい。

なかなかに面白い話ではあるのだが、この女と楽しく話をしている自分を認められない。

橘孝、我ながら狭量《きょうりょう》だった。

いや、別に山田が嫌いなわけではない。

ただ、自分がこの女に絆《ほだ》されるようなことがあってはクビを切る決断が揺らぐかも知れない。

必要以上に親しくなるのは避けたかった。

仁のヤツ、早く戻ってこないかなあ――。

何となくレジの方に目をやった孝は、わずかに眉を寄せた。

見切り品の棚の辺りに佇《たたず》んでいる少年の後ろ姿に見覚えがあったからだ。

先日のばあちゃん菓子の少年じゃないかと思ったら、やっぱりそうだ。

何がそんなに面白くないのか、相変わらず不機嫌そうな顔をしている。

彼が、というよりも彼の姿を見失う原因となったこと――つまり、金縛りにでもあったように手足が動かなくなったこと――を思い出すと、つい少年の動向が気になった。

山田越しにちらちらと視線を送ると、山田も気になったようで振り返っていた。

身長の関係で、こちらからは見えるが恐らく向こうからは死角になっているのだろう。

少年は見られていることにまったく気付いていない様子だ。

「あ……」

思わず小さく声が出る。

縁もゆかりもない子供だが、目の前で犯罪行為がさなれるのを見過ごすわけにはいかない。

思わず向かおうとする孝を押しとどめたのは山田だった。

「私が行きます。こういう時は女性の方がいいと思いますから」

確かに、図体のでかい自分がうかつに声を掛けては逆に不審者扱いされる可能性もある。

そして、山田の後ろ姿を見送った孝は、少年の置かれた境遇とともに、山田の意外な側面（というか思っていた以上の変人ぶり）を垣間《かいまみ》見ることになったのだ。

ばあちゃん菓子と暴走ゾンビ

磯野《いその》テルオ、小六。

テルオの家の近所にあるコンビニは三軒だ。

うち二つは同じチェーンなので、実質二種類のコンビニがすべてだ。

各種弁当、パン、おにぎり、総菜、カップ麺《めん》、レジ前にある揚げ物、季節によってはおでんや肉まん。

その中から昼食を選ぶ。

土曜日、日曜日、祝日である月曜日の今日。

世の中は三連休だ。

夏休みがやっと終わったと思ったら、二週間でまたこんな休みがある。

一食、五百円。それが決まりだ。

母親がテーブルに置いて行った五百円玉をポケットに入れて、三軒のコンビニのどれかに立ち寄る。

居間のテレビの下の空き缶には予備の五百円玉が何枚か入っている。

昼食だけではない。

母親が急な残業や何かで遅くなる時には、ここから「夕食」も調達することになっていた。

「正直オレさあ、もう五百円玉見るの、飽き飽きなんですケドォ」

悪ぶって肩をそびやかし言ってみるが、独り言の後、しんとした部屋の静けさがかえって身に迫ってくるようで、テルオは黙り込んだ。

実はこうなった当初、テルオは我が身の幸運を喜んだのだ。

誰にも強制されることなく、その日、その時の気分で自由に食べたいものを選べるのだ。

「すげえ大人じゃんオレ」なんて思って、友達にも自慢しまくった。

五百円玉をかざし、「やったー」とガッツポーズをしたテルオを見て、母は泣き笑いのような顔をしていたが、テルオにはその意味がよく分からなかった。

テルオの母親はそれまでも仕事をしていたが、それは「パート」ってヤツだった。だいたいテルオが学校から帰るより先に帰宅していたし、夏休みなんかだって、毎日テルオの昼食を作り置いてくれていた。

何よりも、休日の夜にはきちんと家族揃って食事をしていたのだ。

脳内に浮かんだのは楽しかった日々の思い出だ。

「家族揃ってだって。うっわ、きンもォ」

記憶を打ち消すようにテルオは吐《は》き捨てた。

顔を顰め、ダンダンッとわざと荒い足音を立てて玄関に向かう。

下の階に住んでいるのはテルオと同じ小学校の三年と一年の兄妹だ。

一度、そこのおばさんに呼び止められた。

「ね。テルオ君。もうちょっと静かに歩いてもらえないかな。それとおうちでのボール遊びもね、おばちゃん、よくないと思うんだ」

そんなことをいくつか言われたが、腹いせに三年のヤツをシメて以来、何も言われなくなった。

「へっ。びびってやんの。よーわー虫」

そいつらに会った時、言ってやったらおばさんにすごい顔で睨まれたが、テルオはそんなの怖くない。

スニーカーをつっかけながら、玄関ドアを乱暴に開ける。

「いい？　お留守番する時はちゃんと鍵をかけて、誰が来ても出ないこと」

母親はそう言うが、面倒くさいので鍵はかけていない。

「女子じゃあるまいし。いちいちそんなタルいことしてられっかっての」

また、独り言を言う。

エレベーターで乗り合わせた低学年の子と、その両親らしい三人組を睨みつけ、黙らせたつもりでいる。

今日は祝日だった。

大きなマンションなので、同じ学校のヤツらがたくさん住んでいて、うざい。

一階でエレベーターを降りたそいつらが歩きながら話している。

「ねえ、お父さん。ファミレス行ったらドリンクバー頼んでもいいでしょう」

「おっ。いいぞ。お父さんはお母さんにビール頼んでもらおうかな」

「もうっ。しょうがないなあ。でもヒロ君さあ、パフェ食べたら、ドリンク飲めないでしょう？　パフェやめとく？」

「ええーっ」

楽しそうな笑顔に腹の底からむかついた。

テルオの家族はもう二度と揃うことはない。

父親がウワキってヤツをして、両親は離婚した。

二年前の春、テルオが小四の時だ。

それを機に母親は正社員として再就職《しゅうしょく》することになった。

もともと、テルオを産む前にはけっこうバリバリ働いていた人で、人手不足のその業界では復職を歓迎してくれたようだ。

「ママの業界、古い体質なんだよね。子育てママを応援する制度がいっさい用意されていないんだ」

そこで働く以上、「バリバリ」やる以外の選択肢はないのだそうだ。

その時、母は言った。

「テル君。ママはこれから戦いに行こうと思ってるんだ。もしかすると、テル君には寂しい思いをさせることになるかも知れないけど、がんばれるかな?」

「ママもお仕事がんばるんでしょう? なら、テルもがんばるよ」

テルオの返答に感極まった母の麻衣子《まいこ》は、テルオをぎゅっと抱きしめた。

それでも、最初の夏休みにはまだ昼食の用意もあったし、テルオの地域は学童が四年までであり、そこでけっこう楽しくやれていた。さほど寂しいとも思わなかったのだ。

状況が変わったのは五年の夏休みだ。

母の働く業界では夏から秋にかけてが繁忙期《はんぼうき》にあたる。

世の中が夏休みだろうが、三連休だろうが、まったく関係なかった。

この期間、ほとんど休みがもらえないのだ。

さらに、その四月から母は異動になっていて、多忙を極めていた。

たいていは深夜に帰宅し、化粧《けしょう》だけ落とすと倒れ込むように眠る。

翌朝になるとまた戦いだ。

テルオが寝ているうちに出かけて行くことも珍しくはなくなった。

テーブルには朝食のパンと五百円が置かれている。

母は簡単なメモを残してくれていたが、文面はいつも同じようなものだ。

『今日は遅くなるかも。もしそうなったら連絡《れんらく》入れるね。ママもお仕事がんばるから、テルもがんばってね』

その年の夏休みの遠征《えんせい》を最後に、テルオは小一から続けていたサッカー少年団を辞めることになった。

「テル君、テル君、このまま少年団、続けたいかなあ？」

五年生の八月終わり近く、珍しく休みで家にいた母が遠慮がちにテルオに訊いた。

「え……」

テルオは返答に困り、母の顔色を窺う。

分かっていた。

サッカー少年団では、お母さんたちの果たす役割が大きい。

コーチもボランティアなのだから、保護者が雑用を引き受けなければ、組織は回って行かないのだ。

テルオの母も、以前は役員を自ら買って出て、熱心に活動していた。

だが、今、母がいる部署は基本的に土、日には休みが取れない。少年団の役員はもちろん、練習の付き添いにさえまったく顔を出せなくなっていた。

色んな事情でお母さんが出てこられない家もあるにはあった。

だけど、そういう家ではお父さんや、時にじいちゃんばあちゃんが代わりを果たしているのだ。

「ギム」を果たせずにいるテルオの母を、よく思っていない人がいるのは、なんとなく分かっていた。

じっさい、その人たちとどんなやりとりがあったのかは知らない。

「ママね、人様に借りを作っちゃいけないと思うのよ」

そう言う母の中で、結論はもう出ているのだろうとテルオは思った。

ここでテルオがサッカーを続けたいと言えば、母は困るだろう。

「あー。オレも、もういっかなぁと思ってたところなんだよ」

精一杯の大人びた口調でテルオは言った。

「あいつらレベル低いしさ、まあ何となく流れで続けてたようなモンだから」

本当は楽しくてしょうがなかった。

六年生に交じって摑んだレギュラーのポジションを降りたくはなかったし、自分はまだまだうまくなれるはずだった。

もっともっと、みんなと練習したかった。

だけど、テルオが少年団を続けることは誰かに「借り」を作ることであり、それは母を苦しめることだ。

それでも迷うテルオに退団を決意させたのは、母の顔に浮かんだ深い疲労の色だった。

以前のパート勤めの時に比べ、ある意味、母はいきいきしているように見える。

けれども、同時にその表情は厳しくて、陰影が深くなったように思われるのだ。

久しぶりに正面から向き合った母の顔が、ぞっとするほど老けて見え、テルオは怖くなった。

母は自分のために、こんなにも必死に働いてくれている――。

クラスにはテルオと同じような「ボシ家庭」の子供が何人かいた。

母親の実家と頻繁に行き来しているらしい何軒かは別として、彼ら、彼女らはたいてい貧しい。

欲しいモノも満足に買えず、中には給食費さえ払えずにいるヤツもいるのだ。

そいつらの置かれた状況がどれほど惨めなものか。

どこか呆然《ぼうぜん》としながら、何故かにやにや笑っている顔を見れば想像がついた。

恥ずかしくて惨めで、でもそれを認めたくなくて笑うのだ。

もし、母が正社員にならなかったら、テルオも同じような顔で笑っていたのかも知れない。

だけど、テルオにはそんな心配はなかった。

みんな、母ががんばってくれているおかげなのだ。

テルオの自由になる金は、ちゃんと両親が揃った家の同級生よりも断然多かった。月ぎめの小遣い額もダントツ一位だったし、何より一食五百円の支給がある。母はお釣りを要求しなかったし、テレビの下の五百円も数えているわけではない。その気になれば、いくらでも金を使うことができたのだ。

六年になると、暇をもて余したテルオは友人たちを家に呼んで遊ぶことが多くなった。ゲーム機やマンガを揃え、菓子や食べ物で仲間を「接待《せったい》」するテルオの家は、たまり場のようになっていた。

けれど夏休みに入ると、友人たちはサマースクールや塾の合宿などで忙しいようで、あまり姿を見せなくなった。

二学期が始まってようやく、友人たちがテルオの家に戻ってきたのだ。

「接待」のためにお菓子をたんまり買い込む。

普段、テルオはおばさんたちの多いスーパーにあまり足を踏み入れないようにしているのだが、これればかりはスーパーに出かけて買うようにしていた。

コンビニには置いてないものがあるのだ。

特に、アレがない。

この前、スーパーに出かけた際に、アレのことを「ばあちゃん菓子」と呼ぶ大人たちに会った。

顔はよく見ていないが、スーツを着たサラリーマン風のおっさんと茶髪のちゃらい兄ちゃんだったと思う。

アレはテルオの好物なのだ。

好物をバカにされたようで腹が立った。

だが、言われてみればテルオは友人たちにもアレを出したことはない。

「だっせぇ」と笑われるような気がしたからだ。

第一、アレは母と自分の大切な思い出のお菓子なのだ。

いわば聖域みたいなもので、常にバカにする相手を探す友人たちの前に差し出すわけにはいかなかった。

イケてる菓子やジュースも飲み放題のテルオの家は、友達の中でも大人気だった。

自分も行きたいなんて言ってくるヤツらを選別し、イケてるヤツらだけが入れるクラブ、(部活動のクラブではなくて、踊る場所の方の発音だ)的な位置づけにしたのだ。

しかし、二学期に入って間もなく邪魔が入った。

横やりを入れたのは、そいつらの母親たちだった。

当初は遊びに行ったテルオに夕食を振るまってくれることさえあったのに、彼女らは自分の息子がテルオ宅で「たまる」ことが許せないようだった。

彼女たちの中にはテルオの母のようにフルタイムで働いている母親もいる。

なのに、どういうわけか横の連絡が密だった。

これは誤算だった。

自分の母親は完全にその連絡網から外れていた。

だから、母親たちが結束することはないだろうと思っていた。

しかし彼女らはスクラムを組んで、ある日テルオの母に苦情を訴えたのだ。

だが、テルオの母の「私は息子を信頼していますから」との返答と、じっさい連絡が取りにくい多忙な様子に、引き下がらざるを得なかったようだ。

いつの間にか、テルオは「危険人物」認定されていた。

彼女らは、自分の息子をテルオに近づけないよう手を尽くすようになった。

みんなここへ来ることを禁じられてしまった。

イケてる菓子の山に埋もれ、漫画を読んだりゲームをしたり、疲れたら転がって昼寝をする。

「あいつらかっわいそうになー。自由を奪われてさ」などとうそぶく。

それがテルオのこの三連休の過ごし方だった。

夏休み中、毎日ワンコインランチだった。

土日も三連休も全部そうだ。

どう組み合わせたって、飽きがくる。

昼食だけではない。

たまに帰宅が早くても、疲れ果てていては手の込んだ料理を作る気にもなれないのだろう。

母は仕事帰りにデパ地下のお総菜を買って帰ったり、テルオを呼び出して、外食をしたりする。

コンビニやチェーン店の弁当はどれも同じ味のように思えて、もう飽き飽きだ。

手作りの総菜を売りにしている近くの弁当屋は、テルオの同級生の母親がパートをしていて、行きにくかった。

このおばさんはふだんあまり接点のない女子の母親なので厳密には「敵」ではない。

だが、「あら、磯野君。お留守番なの？　一人で大丈夫？」なんて親切ぶった言葉をかけられるのは、うっとうしいだけだ。

第一、家に帰って、つんとすましたあの女子に、「今日も磯野君がお弁当買いに来たわよ」なんて報告されることを考えるだけで腹立たしかった。

「はあぁ。何食おう……」

半分泣きそうな気分で呟く。

コンビニに足を踏み入れただけで吐き気さえするのだ。

だが、それでも時間が来るとちゃんと腹が減る。

げんなりしながら弁当の棚に向かおうとしたテルオの目に、あるストラップが見えた。アルコール売り場の隣の棚。

「処分品」が集められた一角だ。

売れ残った化粧品や女性用の靴下や何かと一緒に並べられている。

つまらない妖怪フィギュアのストラップだ。三百八十円とふぞろいなペン字で書いた値札が貼ってある。

「三百八十円か……」

何ということもなくレジに目をやる。

この辺りには観光客が多く、各種イベントが行われるグラウンドへの途上なので、コンビニは休日でもそれなりに混んでいた。

もう三時を回っている。

お菓子をだらだら食べていることも多く、昼食の時間は一定していなかったが、それでも腹は減っていた。

ちょうど宅配便を送るのに手間取っている客がいて、品出しをしていた店員が新しいレジを開けたところだ。

近くには背の高いやたらイケメンの眼鏡をかけた兄ちゃんと、これといって特徴のない女のカップルがいるだけだった。

この二人はワインの銘柄《めいがら》を見ながら何か言っている。

十人以上も人がいて、誰もテルオを見ていない。

チャンスだ。テルオは思った。

おい、テル。これ以上ぐずぐずしていると、ヤバいぜ——。

テルオの中のカッコイイ自分が囁く。

マフィア的な何かのつもりだ。

周囲を窺うと、さっとストラップに手を伸ばし、素早くズボンのポケットにねじこんだ。

できた。

なんだカンタンじゃんか。

拍子抜けするほどあっけなく完全犯罪達成だ。

緊張は遅れてやって来た。

ズキズキとこめかみが脈打ち、喉がカラカラだ。

だけど、このスリルは悪くねえな——。

テルオはわくわくしながら口もとを拭った。

別にこんなしょぼいストラップが欲しかったわけではない。

本当に必要ならばお金を出して買えばいいのだ。

テルオには十分払える金額だ。

だけどこんなもの、とテルオは思った。

どうせ誰も買わない、つまらないものだ。

ならば、テルオがもらってやっても誰も困ることはあるまい。

この行為が褒められたものではないことぐらいは分かっている。

にもかかわらず、不思議な達成感があった。

まるでサッカーの試合で強豪チーム相手に得点を決めた時みたいな気分なのだ。

ドヤ顔でチームメイトの中を走り抜け、祝福を受ける。

この昂揚《こうよう》感があれば、飽き飽きした弁当の味もきっとうまく感じられるに違いない。

鼻歌を歌いながら弁当売り場に向かおうとしたテルオは、次の瞬間、声も出せずに上を見た。

咄嗟《とっさ》に何が起こったのか分からなかった。

とにかく、前に進めなくなったのだ。

腕を摑まれている？

さっと血の気が引いた。

隣にいたカップルのイケメンか⁉

あいつに見られてた？

一瞬そう思ったが、よく見ると、テルオの腕を摑んでいるのは女の方だった。

「ちょっと待った。今、なんかポケットに入れたよね？　困りますなぁ、お客様、未精算のものをそのように扱われては」

女の口をついて出て来たおじさんのような喋り方に面食らう。

「は？　何言ってんだ、このおばはん。意味分かんねぇ」

「おばはん？　おばはんとは誰のことだ。この口か、この口が見当違いのことを喋るのか？」

そう言って、テルオの口をぎゅうぎゅう引っ張る。

これといって特徴がないと見えた女は、すごく凶暴で猛獣みたいなヤツだった。

「いて、いててて。何すんだよ、児童虐待《ぎゃくたい》だぞ、このクソ女」

「虐待だぁ？　上等じゃないか」

女は腰に手を当て、仁王立ちの姿勢でテルオを見下ろす。

「いいか、子供。出るとこ出たってこっちは痛くもかゆくもないのだ。清廉潔白《せいれんけっぱく》、真っ白しろだ」

偉そうに胸を張ってそう言うと、女は、ふぉっふぉっふぉ、と奇怪な笑い声をあげた。

「ちょ、ちょっと山田さん。何やってんですかあなた」

イケメン眼鏡の兄ちゃんが慌てたように止めに入る。

「いえ、孝さん。大丈夫です。この山田にお任せ下さい」

女はそう言うと、テルオに向き直った。

「いや、何も大丈夫じゃゃな……」

イケメンの言葉に聞く耳持つ気はないようだ。

「これ、どうじゃ越後屋。胸に手を当ててよう〳〵考えい。困るのは全面的にうぬであろうが」

テルオは、ぽかんと口を開けて女の顔を見上げた。

何を言っているのかよく分からないが、とにかく自分の周りにいる母親たちとは似ても似つかない、へんてこりんなことを言う大人だということは分かる。

「おい山田、子供相手に何やってんだ」

その時、新たなイケメンが登場した。

な、何だこいつらとテルオは焦る。

眼鏡をかけた兄ちゃんも長身だったが、それに負けないぐらいの長身で、こっちもすごいイケメンだった。

たしなめるような新イケメンの言葉に、山田という名の猛獣女はきゃんっとか言って頭を掻いた。

「あー、すみません仁さん。このお子さまが生意気にも危ない橋を渡ろうとしていたものですから、つい見過ごせず――」

猛獣がかわいこぶっている！

山田の全身の注意が男の方に向けられ、テルオは完全ノーマークになっていた。

眼鏡はと見ると、他人のふりでスマホを眺めている。

今だ！　テルオは道をふさいでいる女に思い切り体当たりを食らわし、走り抜けた――

つもりが、のわっ⁉　今度は軽く身体が宙に浮いてる⁇

おそるおそる首を回して見ると、新しい方のイケメンが片手でよろけた猛獣女の肩を支え、もう一方の手でテルオの襟首《えりくび》を摑んでいた。

「危ないだろ。このお姉さんに謝れ」

低い声でイケメンが言う。

チッ。なんだよ、女の前でいいかっこしやがって――。

テルオは身をよじって逃れようとしながら「すいませんでしたー。オバサン」とわざと憎たらしい口調で言った。

「オバサン……？」

イケメンに肩を抱かれ、真っ赤になっていた女が急に表情を変え、テルオを見下ろす。

「許さん」

ぼそっと呟く声が怖くて、テルオは吠《ほ》えた。

「は？　じゃあ警察でも何でも呼べばいいだろ。オレは構わないぜ」

「なまぬるいわ。まずは貴様の家に案内しろ」

「フ、フンッ……。親に言いつけようってんだろ。残念でしたぁ。どうせ家に帰っても誰もいないんですぅ」

「いいよ。待たせてもらおうじゃないか」

「え？　え？　ちょっと待って。あなた一体何言ってんですか」

後ろで他人のフリをしていたはずの眼鏡イケメンが山田に向かってぼそぼそ言っている。

テルオは面倒くさくなった。

「待ちたきゃ待てよ。どうせ夜中にならなきゃオカン帰ってこねーんだよ」

女は新イケメンと顔を見合わせた。


とんでもないことになった。

猛獣女とイケメン二人が本当に家までついて来てしまったのだ。

「何だコレ。ゴミ屋敷かっ。キッチンは心の鏡だ。心の乱れはキッチンの乱れからなんだよ。ホラ、片付けるっ。あっ、違っ……！　まず洗わんでどうするかあ」

剣豪マンガの道場主みたいな喋り方をする猛獣女に叱られながら、テルオはそこらに放置したままになっていた何日分もの弁当ガラを片付けさせられている。

通常はこうやって置いておいたら母親が休みの時に片付けてくれるのだが、夏の繁忙期に入ってから彼女には休みがなく、結果、弁当ガラは山積みになって、異臭を放っていた。テルオも気にはなりながら、そのまま放っておいたのだ。

どうせキッチンで弁当を食うわけではないので、かまわないだろうと思っていたからだ。臭《くさ》い弁当ガラを息を止めて洗いながら、テルオは頰を膨らませた。

「これって不法侵入だろ。いや、ラチカンキンだ。オレが警察呼んだら、あんたらヤバイぜ」

手を泡《あわ》だらけにして精一杯の虚勢《きょせい》を張るテルオの頭をぱしっと叩くと、猛獣女は言った。

「万引きしたヤツが、それを咎《とが》めた勇気ある大人を突き飛ばしたら、その時点から強盗と呼ばれ、お尋ね者になるのだ」

『呪いの予言《よげん》』みたいな喋り方で言う。

「あ、ちょ……暴力はやめて下さい。まずいですよ山田さん」

たしなめるような眼鏡イケメンに山田は「大丈夫」と頷いた。

何が大丈夫なんだよと眼鏡が呟いている。

何となくボケとツッコミのようだ。

山田はまったく動じていない。

「いいかよく聞け。私は勇気ある大人、貴様はお尋ね者だ。私は強盗を逮捕しただけ。今も逮捕中だ。今、ここで決着を付けておかないと、貴様は私に弱みを握られ、永久にゆすられ続けることになるが、それでもいいか」

めちゃくちゃだ。

テルオはゾッとした。

こんなマンガを読んだことがある。

主人公が暴力団に弱みを握られて、悪の手先にされた挙句に、殺されるのだ。

この三人は暴力団なのか？

それとも、三人組のイカれた犯罪者なのか？

オレは拉致監禁《らちかんきん》されて、パシリにされて、殺されて、東京湾《とうきょうわん》に沈められるのか？

この女なら、ヒャッハーッとか叫びながら、喜んでやりそうだ。

男二人はデカイし、落ち着かない様子の眼鏡はともかく、後から現れた方のイケメンときたら目力《めぢから》ハンパないし、立っているだけで威圧感があった。

なまじイケメンなだけに、黙っていると、そうとう怖い。下手に怒らせると、日本刀とかでバッサリ斬り殺《ころ》されそうだった。

お母さん、オレがこんな目に遭《あ》ってるって知らないよな。

夜中に帰って来て、オレがいなくなってたらどうするだろう。

探してくれるかな？

でも、海の底じゃ見つからないよな。

泣きそうになっていると、妙にはっきりした目力イケメンの声が聞こえた。

低いのによく通る声なのだ。

「坊主《ぼうず》、名前は?」

黙っていようかとも思ったが、どうせ苗字は玄関の表札で知られている。

テルオはわざとかったるそうな表情を作って言った。

「磯野だよ。磯野皓生《てるお》」

「へえ。カツオじゃなくて?」

男がぼそっと呟くと、猛獣女が噴きだした。

「やーんっ。仁さんてば、面白すぎますぅ」

そうだろうか?

テルオは首を傾げたが、後ろで眼鏡も「判定甘っ」と小声のツッコミを入れている。

そもそもこのネタ、どこに行っても、必ず一度は言われているのだ。

正直、テルオは聞き飽きている。

「仁さん」も「そうか?」と不思議そうな声で言って、女の顔をじっと見ていた。

ヘンなヤツらだ。

「テルオ、何食いたい?」

突然、「仁さん」に訊かれ、テルオは面食らった。

「はぁ？」

「昼メシ買うつもりだったんだろ？　それとも夕食だったか」

「あ……うん。昼メシ」

　何を訊かれているのか分からず、とまどうテルオに猛獣女が言った。

「こちらのお方はな、有名な天才料理人でいらっしゃるのだ。通常であればイソノなんかご尊顔を拝することもできないのだぞ。その天才料理人がイソノのためにランチを作ってしんぜようとおっしゃっているのだ。さあ、早く有り金を差し出して、ありがたくお受けするがよい」

「山田。お前、酔っ払ってるのか？」

　わけの分からない女の言葉に、仁さんは呆れたように笑いながら言う。

「えー。仁さんっ、ひどい。山田澄香、シラフもシラフ、大シラフです。このように世の中舐《な》めきったお子さまには、これぐらい高圧的に接するのがいいかと」

「高圧的なんだそれ」

　小声で眼鏡が言う。

　しょうもない漫才はどうでもいい。

　テルオは半信半疑で訊いた。

「なあ、本当か？　本当にメシ作ってくれるのか？」

「坊《ぼっ》ちゃーん、運が良くてらっしゃる！　出張料理・おりおり堂ではただいま『おためし企画、あなたのお家にあるものでランチを作りますキャンペーン』をやっておるところでございましてな」

山田が揉み手をしながら気持ちの悪い声で言う。

「キャンペーン？」

テルオと同時に眼鏡も「何ですかそれ？」と言った。

「いや、仁さんと話してたんですよ。またおためし企画やりたいねって。これってチャンスなんじゃないですかね」

「いや、それはそうかも知れませんが。まずいですよこんな……。保護者の同意もなく未成年者だけの留守宅に上がり込んで勝手に料理をするなんて」

眼鏡イケメンの言葉に、山田がしゅんとする。

テルオは焦った。

折角ごはんを作ってもらえると思ったのに、今まさに、それが中止になろうとしているのだ。

「あ、あの。俺、毎日マ……お母さんからお金もらってて、自分のごはんは自分で買ってくるように言われてて。だから作ってもらえるなら、お金払うし。多分、決める権利はオレにあるっていうか。ダメですか」

「お母様はお仕事なのか？」

眼鏡イケメンの問いかけにテルオは神妙に頷く。

「そう。じゃあ、せめてお母さんか、お父さんでも構わないけど、電話で承諾《しょうだく》を取ってもらうというわけにはいかないかな？」

「お父さんはいません」

「それは失礼した」

眼鏡イケメンがすっと頭を下げた。

山田と違い、こちらのイケメンは礼儀正しい感じがする。ちゃんとした大人はたいてい物わかりが悪い。

こんな風に固いことばかり言うのだ。

じれったくてじれったくてテルオは必死で言い募る。

「それに、それに、お母さんすごく忙しいから、電話しても出ないことの方が多いです。あと、ウチはいつも友達とかがいっぱい出入りしてるんで、誰が家に来ても大丈夫だし」

眼鏡イケメンはうーんと唸りながら髪を掻き上げた。

「私たちは君の友達とは立場が違うからね」

彼は仁さんを振り返り言った。

「仁、やっぱりまずいだろ。厄介なことにならないうちにお暇しよう」

仁さんも山田も仕方ないか、みたいな顔をしてテルオを見ている。

ポロポロと涙が零《こぼ》れて落ちた。

「うっ、ぐ……」

こんなところで泣くなんてみっともない。

頭では分かっているのに止められなかった。

「え、ちょ。うわ。なんで泣く？」

「お腹すいたああ」

うわああんと泣き出したテルオに、眼鏡イケメンが慌てているのが見えた。

「まずは冷蔵庫を見せてくれ」

イケメン料理人の仁さんはそう言うと、食材のチェックを始めた。

「いいか？ 仁にテルオ君。そして特に山田さん。あなた、あなたですよ。分かってますか？ あなたがすべての元凶なんですから、よく聞きなさい」

眼鏡イケメンは腰に手を当ててがみがみ言っている。

「いいですか。今回は特例中の特例です。絶対に二度目はありませんからね。磯野君も今後二度と、お母さんの許可なく知らない大人を家に招き入れてはいけない。分かったか」

説教モードに入った眼鏡は迫力があり、テルオは神妙に頷いた。

「はあ、すみません。以後気をつけます」

隣で同じように説教されていた山田が頭を掻いている。

「テルオ、ちょっと野菜見てくれ」

仁さんに呼ばれて冷蔵庫に駆け寄った。

近所に夜中の二時まで開いているスーパーがあり、母は時々そこで買い物をして帰って来る。

きゅうり、茄子、レタス、キャベツ、にんじん、セロリ。

野菜室にはそれだけのものがあった。

意外に種類が多くて、ちょっとびっくりだ。

「ふーん、けっこう揃ってますね」

仁さんの後ろから覗きこむようにして山田が言う。

「ああ。けど、けっこう時間が経ってそうだな」

仁さんはさっと見ただけだ。手に取ってもいない。

「見ただけでそんなこと分かんのかよ」

料理をしない母を咎められたような気がして、テルオは腹立たしげな声を出した。

「分かる」

びしっと言われ、思わずすくむテルオに、のんきな山田の声がフォローを入れる。

「そうだよイソノ。レタスとセロリはホラ、ここが茶色くなってるし、他の野菜も何となく水気がなくなって、しぼんでるだろ? 新鮮なうちは、もっとぱーんとお肌にハリがあるんだよ。え、女性の肌と一緒だって? やーだー。あんた子供のくせになんてこと言うのよ」

山田はそこまで一人でまくし立て、テルオをばしばし叩いた。

「オレ、何も言ってないけど」

テルオの叫びを無視し、山田は急にまじめな顔をする。

「仁さん、これ使えそうですか?」

「大丈夫だろ。廃棄《はいき》一歩手前ではあるけどな」

頷く仁さんの顔を見上げ、テルオはほっとしていた。ろくな材料がないからと呆れられ、帰ってしまったらどうしようと不安だったのだ。

冷蔵庫の上段にあるのは、納豆、豆腐、練りウニの瓶、ハムにベーコン、それにプリンの空き容器に水を入れ、青じその束がさしてある。

「卵がないな……」

仁さんの言葉に、山田がテルオの背中をどやした。

「ほれ、パシリ。とっとと卵を買いに行く」

「え」

「待て山田。あるもので作る約束だろ」

「おお、そうでしたね」

何でも、この「企画」はそういうルールらしいのだ。

冷凍庫の中にあるのは塩鮭《しおざけ》の切り身と豚肉、それに何週間か前の夕食に母が作った鶏団子の残りだった。

「食べたいものは？」

改めて仁さんに言われ、テルオはうーんと首をひねった。

ハンバーグ？　ピザ？　唐揚げ？　違う。そうじゃないんだ。

「ごはん！　チンしなくていい炊きたてほかほかのヤツ」

これだ。これしかない。

テルオは勢いよく言った。

「かしこまりました」

仁さんはそう言うと、テルオを見下ろし、ふっと笑顔になった。

米をとぎ、戸棚の奥から探し出した昆布とかつおブシでだしを取る。

昔、まだ幼稚園《ようちえん》ぐらいの頃、台所に立つ母にまとわりついて、料理をするのを見ていたことを思いだした。

テルオは浮き立つ気持ちに小躍りしたいのを抑え、手際の良い調理で、食材が次々に姿を変えていくのを眺めている。

　無理にでもふてくされた顔を作っておかないと、顔がにやけてしまいそうだった。

「はいはい、イソノは掃除する！」

　テルオは山田に追い立てられるようにして、マンガや新聞、食べたパンやスナック菓子の袋、テルオのおもちゃやガラクタなどで占領されていたテーブルの上を片付けさせられている。

　台ふきんの絞り方にまでケチをつけられ、テルオは唇を尖らせ文句を言った。

「べっつに、食う場所がありゃいいじゃん。オレなんかいつもテレビの前とか、自分の部屋でゲームしながら食ってるし」

　ちょっと自慢げにそう言うと、山田は怖い顔をした。

「ダメだね。これからあんたが食べるのは天才料理人・橘仁センセイ渾身《こんしん》のお料理だ。テレビもゲームもナシ。美しい場所で心していただかねばならぬのだ」

「渾身という程じゃない」

　仁さんが包丁を使いながら、呟く。

　それを聞いた山田は「あーっ」と忘れ物でもして来たような声をあげた。

「そうっすよねー。こんな生意気なお子さまに仁さんの渾身の作を食べさせるなんて二十年早いですもんね」

「いや、そういう意味では……」

困ったような顔を上げた仁さんに、山田はすかさず「分かったか。そういう意味じゃないんだよ」とテルオを小突く。

うわあ。山田、なんかダメな大人だ。


もう何ヶ月も使われていなかった炊飯器から、米の炊けるいい匂いが漂っている。

午後四時。

空腹が限界に達した頃、米が炊きあがった。

仁さんはもちろんだけど、山田もそれなりにすごかった。

テーブルだけではない。ダイニング全体がウソみたいに片付き、こざっぱりした感じになっている。

茶碗《ちゃわん》や皿など、どこにあるのかテルオにもよく分かっていない食器を揃え、さっと仁さんに差し出すのだ。

ちなみに眼鏡はうろうろしていた。

まるで魔法を見るように、たちまちテーブルの上に四人分の料理が並ぶ。

「え。山田たちも食べんのか？」

「山田言うな。スミカ様と呼べ」と低い声で呟き、山田は席に着いた。

「あたりまえじゃん。何のためにここに来たと思ってんのよ。私たちだって本当ならまかない食べてる時間だもん、あーお腹すいた。きゃっおいしそう。さすが仁さんだあ」

「お、お前ら、もしかして人ン家でメシ食うギャングなのか⁉」

仁さんがふふっと笑い、眼鏡が「どんなギャングだよ」と小声でツッコミを入れている。

「ギャングでも何でもいいけど、早く食べなよ。ごはんが冷めちゃうよイソノ」

お茶を注ぎながら山田が言った。

「あ、うん……。いただきます」

小声で言って、自然に手を合わせている自分にテルオは驚いている。

長いことやっていなかった習慣だ。

コンビニの弁当や母の買って来るデパ地下のおかずにはそのまま箸を付けていたのだ。

炊きたての白いご飯。

あつあつのほかほかだ。

テルオは久しぶりに嗅《か》いだご飯のいい匂いを思い切り吸い込み、ガッと一気に口に運んだ。

「あっつっ」

だが、うまい。

テルオは夢中で、皿に取り分けられたおかずに箸をのばした。

豚とセロリのいためもの。

豚肉に下味をつけて揉み込んだものに片栗粉《かたくりこ》をまぶし、みじん切りのにんにくで香りを付けたごま油でカリッといため、セロリを投入。

仕上げに「鍋肌に沿わせるように醤油を回しかける」と「醤油が焼けて香ばしくなる」のだと仁さんが教えてくれた。

「うまあああっ」

おかずとごはんを口いっぱい詰め込み、叫ぶ。

「こら。口にモノを入れたまま喋らない」

山田はそう言って、仁さんを見て笑う。

仁さんも笑い返している。

眼鏡は微妙な顔をしてそれを見て、黙々とごはんを食べていた。

ヘンなヤツらだけど、こいつら、もしかして最高なんじゃないか？

テルオは喉に飯をつまらせながら、味噌汁の椀に口をつけた。

具はベーコンとレタスだ。

鍋で「からいり」したベーコンと、冷蔵庫でくたっとなっていたレタスはさっとゆで、だし汁に加え、味噌をといて、沸騰《ふっとう》する前に火から下ろす。

味噌汁は煮立たせてはいけないのだそうだ。

どんな味かと思ったけど、うまい！

ベーコンにレタス、仕上げにのせたバターのおかげで、少しシチューぽくもあり、でもちゃんと味噌とだしの香りもする。

これだけでごはんが三杯は食えそうだった。

「おかわりっ」

「早っ」

ちゃんと噛んで食べろよ？　イソノぉなどと言いながら、山田がご飯をよそってくれる。

鶏団子と揚げ茄子の煮物《にもの》。

だし汁に醤油、酒、みりんで味付けしたもので煮てある。

冷凍庫で眠っていた鶏団子からも「味」が出るのだそうだ。

細かい切り目の入った茄子は油で香ばしく揚げてある。

たっぷり煮汁を吸って、とろとろになっているのがたまらない。

「これは何？」

セロリの葉っぱの部分を敷いた皿に丸いポテトボールみたいなものが三つ載っている。

「大人のコロッケってとこかな」

仁さんが言うと、山田がふっふっふと笑った。

「お子様には分からない味ってことだね。イソノにはちょーっと早いかなあ」

「そ、そんなことねーよっ」

半分に割ると、薄い金色のソースに青じそが見える。

おそるおそる口に入れると、サクッとした衣、続いて、とろりとしたソースが口いっぱいに拡がった。

「ん？」

ん？　ん？

何だこの味。食べたことない味だ。

テルオはもぐもぐしながら、箸を持つ手を止めた。

何だろう、これ？

母が時々買ってくるデパ地下のカニクリームコロッケに似ているが、それよりずっとさっぱりしていて、ちょっと海っぽい感じもする。

けど、なんか……。

「なんか、よく分からないけど、すげーうまい！」

山田が、ほおぉおと感心したような声をあげる。

裏ごしした豆腐で作った「べしゃめるソース」に練りウニと千切りにした青じそを混ぜ込んで、コロッケにしたものだそうで、山田は「イソノもさあ、あと十年もして大人になったら、これで冷酒でも飲むといいよ。また別の地平が見えるからさ」とワケの分からないことを言った。

「その地平が法に触れないことを祈るばかりですね」

皮肉な口調でそう言う眼鏡もまた、どの料理も全部嬉しそうに食べている。

山田いわく「水気がなくなってしぼんだ」きゅうりとキャベツ、にんじんは浅漬けに姿を変えている。

一番最初に仁さんが作っていたものだ。

ポリ袋にきゅうりとにんじん、手でちぎったキャベツ、昆布茶と醬油を入れて、袋ごしに揉んでおく。

数十分もすればおいしく食べられるそうだ。

昆布茶の代わりに塩昆布でもいいし、なければ塩でもいい。

ここにごま油を加えればナムルっぽくなるし、オリーブオイルにレモンを絞ればサラダ風になるそうだ。

野菜かあ……。

正直なところ、これは嬉しくなかった。

野菜はあまり好きではないのだ。

コンビニの弁当でも極力野菜の入っていないものを選ぶし、入っていてもまずいので食べない。

だけどなあ、とテルオは思った。

これにだけ箸を付けないでいると、山田のことだ。

野菜を食べないとはまだまだお子ちゃまだのうとか言って、バカにされるに違いない。

意を決して、野菜をごはんにのせ、目をつぶってかき込む。

「あふぇ？　おいふぃ」

テルオは思わず呟いた。

なんでだ？　野菜がおいしいだなんてヘンだぞと思いながらも、箸が止まらない。

ポリポリ、しゃくしゃくと、果てしなくごはんがススムのだ。


「ごちそうさまでしたっ」

箸を置くと、仁さんが低いイイ声で「おそまつさまでした」と言って笑った。

「よく食べたねー。炊飯器カラになったよ。仁さん、これって五合炊いたんですよね？」

山田は「青少年おそるべし」とか一人で呟いている。

テルオはお腹がいっぱいすぎて、椅子の背にもたれ、ぐでえとなっていた。

「さあイソノ、後片付けするよ」

「ええええー⁉　鬼《おに》か。オレ、もう腹いっぱいで動けねえよ」

「バカ者っ。食べたら片付ける。それが鉄則だ」

「ついでにご飯の炊き方教えてやろう」

仁さんの言葉にテルオはびっくりして、彼を見上げた。

「はあっ？　なんでオレが」

「飯が炊けるだけでもずいぶん違うぞ」

「ンッ、何でだよ。料理なんか女のすることだろ」

テルオの言葉に山田がえええっと声をあげた。

「はああ？　信じらんないっ、何この人。古っ！　あんたいくつだよ、実は明治《めいじ》生まれとかなのか」

「あ？」

「ああ、これだからイソノは……。アンタさ、料理をする仁さん見てカッコ良いと思わなかったか？」

「え……まあ……それは」

ごにょごにょ言うテルオに山田は「でしょでしょ？」と言った。

「まあ、仁さんはプロだからカッコ良くてあたりまえだし、それ以前に存在そのものがカッコ良いんだけど、まあ、それは置いとくとして。でもさあ、イソノ。今の世の中、料理のできる男はポイント高いよ？　イソノもいずれ分かるだろうけど、社会に出たらそれだけでモテモテだからね」

　と山田は立ち上がり、腕まくりをした。

「あーそうじゃないのか……。きっとさ、男とか女とか関係ないんだよ。自分のために、家族のために、おいしい料理を作れるのは人間としてカッコ良いんじゃん。イソノもカッコ良い人間目指せよな」

「おい、まさかとは思うが、お前それ中島《なかじま》のマネじゃないだろうな」

　ぼそっと呟く仁さんに、山田はぱあっと嬉しそうな顔になった。

「あー分かりましたぁあ？　いつ誰がツッコんでくれるのかと思って待ってたんですけど、さすが仁さん！」

「いや、そこをさすがと言われても……」

　あはははと山田が笑い、仁さんが苦笑している。お茶を飲んでいた眼鏡は噴き出しむせている。

　全然似てねえし――。

　調子のいい女に腹が立つ。

　テルオはテーブルの下でこぶしを握った。

「じゃあさ……」

「じゃあ、うちのオカンは人間としてカッコ良くないってのかよ？　毎日遅くまで仕事して、休みもなくて、オレのためにー生懸命働いてくれてるオカンがカッコ良くないってのかよぉ」

声変わりの始まりなのかテルオは最近、声が出にくい。

無理に叫ぶと、まるで声を振り絞って絶叫しているように聞こえた。

カッコ悪いと思うのに、止められない。

「オレだって、オカンと毎日おいしい飯食いたいよ。そりゃ、アンタにはかなわないけど、オレの母ちゃんだって、ちゃんと作ればすっげー料理うまいんだよ。だけど、仕事が忙しくてできないんだよ。それが悪いか？　カッコ悪いのかよぉぉ」

家中がしんとした。

テレビもゲームもついていないと、この家は静かなのだ。

この人たちが来てから、料理を作る音、山田の喋る声。ぼそっと囁くような仁さんの低い声、眼鏡の入れるツッコミ。

そんなもので溢れていたから忘れてしまっていた。

「悪くないよ」

仁さんが言った。

「テルオのお母さんが料理上手《じょうず》なのは台所を見れば分かる。そして、ちゃんと料理してテルオに食わせたいと思っているのも分かる」

分かってくれるんだ……。

そう思うと、また泣けて来た。

「でも、今お母さんにそれができないのなら、テルオがやったっていいんじゃないのか？」

「オ、オレなんかにできるわけないだろ」

ひっくひっくとテルオは泣きながら答える。

「何故？」

「なぜって……。そんなの、料理なんかやったこともねーんだからできるわけねえだろ」

学校の調理実習ではトマトを切っただけだ。

「誰だって最初はやったことないんだ。いつ始めるかってだけだろ」

「……あんたも？　あんたも最初はやったことなかったのか？」

鼻を垂らしながら訊くと、仁さんはテルオの頭をぐしゃぐしゃと撫でてくれた。

「もちろんだ」

「オレもあんたみたいになれるか？」

「そいつあイソノの努力次第だな」

すかさずティッシュの箱を差し出しながら、ふんぞり返った姿勢で山田が口を挟む。

うざい女だ。

だけど、悪くない。

こいつらは最高だった。

教わった通りに飯を炊き、山田が書いてくれたメモを見ながら、冷凍庫の塩鮭を焼く。

納豆と味噌汁。

味噌汁は仁さんの指導でだしを取るところまでは済ませてあった。

具は豆腐に茄子とキャベツの残り。

あとは味噌を溶くだけだ。

例の信じられないほどうまい浅漬けも、仁さんに教わってテルオが作り、冷蔵庫に仕込んである。

帰り際、五百円玉をたくさん差し出すテルオに仁さんは靴を履きながら、「いい」と断った。

「なんでだよ？　出張料亭ってタダじゃないんだろ。子供だからって特別扱いすんな。オレは誰にも借りを作りたくねえんだ」

「借りじゃない。俺たちも食っただろ。材料と場所代だ」

「橘センセイがああおっしゃってるんだ。ありがたくしまっとくんだな」

山田が言う。

「あっそうだ。イソノそのお金で卵買えば？　卵あると便利だよぉ？　いざとなれば卵かけご飯って手もあるしね」

山田は中島のマネをしながら卵かけご飯のバリエションーンについて熱く語り始めた。

「冷蔵庫にハムもあったじゃん。一緒に焼けばハムエッグになるよ。私の得意料理なんだよね。朝のパンにもぴったりだよ」

そう言って山田が教えてくれたおいしい作り方(焼くだけ)を参考に、ハムエッグも作った。


「今日は少し早く帰れたから、ちょっと贅沢しちゃったわ」

デパ地下の鰻重《うなじゅう》を手に帰宅した母は、綺麗に片付けられたテーブルの上に並んだ料理を見て、言葉を失った。

「ええっ?　ええ⁇」

何度も繰り返し、感激したような声を出す。

といっても、鮭は焼きすぎて半分以上真っ黒になったし、言われたとおりに炊いたはずのごはんも水が多すぎたのかべちゃべちゃ。

ハムエッグは様子を見るのに何回もひっくり返していたので、ぼろぼろになってハムと卵の残骸《ざんがい》みたいになっている。

何もかもが思い通りにならず、やっているうちにテルオは段々腹が立ってきた。

仁さんがあまりに楽々と作っていたので、自分にも簡単にできるような気がしていたのだ。

「テル君。もしかして、お味噌汁も作ってくれたの？」

コンロの上の鍋と周囲にこぼれた汁、放置したままのお玉を目を丸くして見ながら母が言う。

「まあ一応ね。あんまりおいしくないと思うけど。お母さん食べる？」

「もちろんよ」

母は嬉しそうな顔をしたが、正直これも失敗だ。

今、駅よと母からの電話を受けて、あれもこれもとパニックになり、しかしモタモタしまくるテルオは、吹きこぼれそうになった味噌汁に驚き、とっさに水道の水をかけたのだ。

薄まった味噌汁は水くさい。

なのに母は「おいしいっ、おいしい」と言うのだ。

そんな母が突然、顔を覆って泣き出し、テルオはぎょっとした。

思わず溜息が出る。

「やっぱ全部失敗だよ。ダメだな、やっぱりまずいや。お母さんイヤだったら、もうこれ捨てちゃって鰻重食べてよ」

「何言ってんの、違うよ。おいしいのよ。おいしすぎて、なんか泣けて来ちゃった」

母はついに、おんおんおーんと声をあげて泣き出した。

ちょっと怪獣みたいだ。

「お母さん……」

テルオは呆然と母を見る。

思えば、こんな風に母が泣くのをテルオは初めて見た気がする。

父のウワキが発覚した時だって、離婚が決まった時だって、遠い田舎に住む祖父が亡くなった時にだって、こんな風には泣かなかった。

いつだって母は気丈だったのだ。


それからテルオは料理の本を何冊か買い、テレビの料理番組もこまめにチェックするようになった。

食材を書いたメモを持ち、コンビニを通り過ぎ、スーパーへ向かう。

イケてるお菓子を買いに来たのではない。

野菜売り場で、サッカー少年団で一緒だったヒロキのお母さんに会った。

「あら。磯野君、お母さんのお遣い？」

テルオのカゴの中身を見やりながら言う。

「いや。オレ、料理、自分で作るんで」

「へえー、磯野君お料理するんだ？　すごいわねえ。ウチの弘樹《ひろき》なんかサッカーばかりで何もしてくれないわよ」

ヒロキは低学年の時から、ずっとテルオとポジション争いをして来たヤツだ。

たしかにヤツはサッカーがうまい。

技術もあるし、足も速い。

今、こうしている間にもどんどん差がついているだろう。

だけど、サッカーでシュート決めるのだけがカッコ良いわけじゃないんだ――。

テルオはサッカー少年団の最近の様子について語るおばさんの話に相槌を打ちながら考えていた。

オレは母親と自分のためにおいしい料理を作る。

そして、いつか仁さんみたいな男になるために努力をする――。

その時、山田みたいな女を選ぶかどうかは微妙だ。

けど、やっぱり選びそうな気もするな……。

テルオは仁さんを真似《まね》て少し笑い、レジを済ませると、食材の入ったエコバッグを自転車の前カゴに入れ、長い坂道をえっちらおっちらのぼり始めた。

橘孝・はじめてのお料理

「キャベツ、ピーマン、白ネギ」

孝は改めて検索しなおしたレシピを見ながら、新たにダウンロードしたアプリで買い物メモを作っていた。

自宅のPCでも端末でも、はや何度アクセスしたか分からない検索ワード。

「回鍋肉の作り方」である。

いよいよそれを実践する日がきた。

おりおり堂のまかないを作る順番が回ってきたのである。

自宅で練習はした。そのためにも須藤には半ば強制的に遅い夏休みを取らせたのだ。

「孝様、本当によろしいのですか？　そんなに長期間の休暇をいただいて」

「もちろんだ。俺は今、橘の仕事を全力でやってるわけじゃないんだし、プライベートぐらいは自力でやるよ」

などとそれらしいことを言ってはみたが、要は一人で料理の練習をするのが目的だ。

須藤がいれば、必ず甘えが出る。

このミッションは自力でやりとげないと意味がなかった。

練習はなかなかハードだった。

まずは買い出しからである。

孝は豚肉に困惑した。

スーパーの肉売り場に立つと、パック詰めにされた肉がずらりと並んでいて圧倒されたのだ。

橘孝、二十九歳。

肉売り場に足を止めるのは人生初だ。

この戸惑いには覚えがあるな、と孝は思った。

昔、初めてレンタル屋(ビデオ屋という名前ではあるが、その当時既にビデオなるメディアは存在していなかった)の奥、いわゆる十八禁コーナーに足を踏み入れた時のドキドキ感を思い出したのだ。

ちょっと正視するのが憚られるパッケージが並ぶ中、薄目を開き、自分はさして関心ないのだが、折角だから何か借りて帰りますかねー的な顔を装いながら、目的のブツを探した。

あの時と何が似ているかって、肉パックからの「私を選んで!」という圧がすごかったのだ。

そして孝には目的の「豚バラ肉、薄切り」が一体どれなのかさっぱり分からなかった。

そもそもバラとは何なのか？

バラバラの肉なのかと解釈したが違ったようだ。奥が深い。

とにかく買い物は済ませた。必要な食材と調味料をシンクの上に並べる。

「まずはまな板の出番だな」

そこで、はたと手が止まった。

孝の自宅マンションのキッチンには最低限の調理器具しかない。

全部須藤が買ってきたものだ。

元々凝った料理を作るような機会がないので、当たり前といえばいえるのだが、いざ使う段になると、いささか心許ない。

シンクの下をばたばた開けて探してみたが、まな板は薄いプラスティック製のものが一枚と、木製のカッティングボードがあるだけだった。

仁が使っているようなぶ厚い木製のまな板が欲しい。

押しかけ弟子となって現在三週目だ。

なんだかんだと出張に同行させてもらう機会もあったし、まかないを作る姿も見ている。

孝にとっての手本は仁なので、道具もすべて仁の使っているものが基本となるのだ。

「仕方がない。買いに出かけるか……」

孝は食材を冷蔵庫に戻すと、東急ハンズに行くことにした。

まな板に中華鍋、包丁。

ネットで買えばいいようなものだが、実物を見ないとイメージが湧かない。というか正式な名前が分からないので検索できないのだ。

厨房機器の専門店の建ち並ぶ合羽橋《かっぱばし》にでも足を伸ばそうかと思ったが、専門的すぎて逆に必要なものに辿り着けそうもないのでやめた。

キッチン用品の売り場を見て歩く。

鍋や食器などのほか、ソーダマシンや弁当箱まで並んでいる。

孝が目に留めたのは冷却石とさざえの壺焼《つぼや》き用の金具だ。

うっかり買ってしまった。

冷却石はまだしも、さざえの壺焼きを家で自作する日が来るのかどうか疑問だったが、何となくあると嬉しいような気がした。

包丁はあまり数がなく、何を選べばいいのか分からなかったので、とりあえず家にあるものを使っておくことにする。

そういえば、と思い出した。

仁に出された課題の二つ目だ。

料理をするのに不可欠なもの、だったたか。

あの仁が出した課題だ。

求められている答えは絶対にまな板とか包丁とかではないはずだ。

「愛情とかかな」

呟いたものの、自分で恥ずかしくなって赤面した。

ちょうど赤いハートの模様の茶碗の前にいたので、余計に恥ずかしいことになっている。

「骨董・おりおり堂」では見かけないデザインだが、新婚家庭などならこういったものが好まれるのかも知れない。

そういえば、休暇に入る前、須藤が予言めいたことを言っていた。

「孝様。もしご結婚となれば、引き続きこのマンションにお住まいになりますか？」

「えっ？　突然何の話だ」

須藤いわく、妻となる人は調理器具を一新するだろう。

その時に、あまり愛着を持った道具があると、手放すのが辛いだろうと言うのだ。

さすがに孝の性格を知り尽くしている男だけのことはある。須藤は孝が料理を始めるにあたり、まずは道具に興味を持つことを見通していたようだ。

「つまり君は、あまり高い道具を買ってくるなと言っているんだな」

孝の言葉に須藤は苦笑した。

「孝様は気に入った物を徹底的に使い倒す方ですからね」

これ、別にせこいとディスられているわけではない。

文字通りの意味だった。

車やスーツはもちろん、腕時計などの装身具から文具まで、孝は品質の良いもの、タフなものを長く使う主義なのだ。

孝が子供の頃から近くで見ているだけあって、須藤は孝の性格を知り尽くしていた。

「いや、でも結婚って、先の話だろ」

孝はまだまだ独身でいるつもりだった。

「大体、結婚したからって料理をやめるわけじゃないし」

やめるも何も、この時点で孝はまだ料理未経験者だった。

膨大《ぼうだい》なレシピの中からどれがいいかなと見比べていただけだ。

しかし、とりあえず孝の中では、たとえ家事能力の高い妻がいたとしても、自分自身が料理をしないという選択肢は一パーセントもなくなっていた。

孝の意識を変えたのは、あの日、出会ったテルオという少年と、山田いわく『おためし企画、あなたのお家にあるものでランチを作りますキャンペーン』だった。

まあ、あの日のことに関しては、山田に言ってやりたいことは山のようにある。

正直なところ、あのコンビニで少年の万引きを咎めた山田が本当に家までついていくとは夢にも思わなかったのだ。

止めなかった孝にも非はある。

ただ、あの少年はとても危ういところにいた。

わずかな風でも吹けば、落ちてしまうような崖《がけ》っぷちに立っていたのだと思う。

だからといって、何の権限もない一市民が勝手に警察や更生機関のような真似をしていいわけがない。

それでも、彼は救われたのだ。

山田はめちゃくちゃな女だったが、あの強引さがなければ、ああはならなかったし、彼女のうざいともいえる言動が結果的に少年の凝り固まった心をほぐすのに一役買ったのは確かだろう。

ちゃんとした大人にはできないこともあるのだと思い知った気がする。

正直、山田を見直した。

「にしてもあれはないよなぁ」

誰かに気付いてもらうこともないまま、地味に中島の真似をし続けた根気は評価するが、うざい。

仁があんな女を気に入っているとは、本当に信じられないし、信じたくもない。

とはいえ、一緒にいて楽な相手だというのは分からなくもなかった。

――男とか女とか関係ない。

自分のために、家族のために、おいしい料理を作れるのは人間としてカッコ良い――。

あの日の山田の言葉だ。

ずいぶんといいことを言う。

正直なところ驚いた。


イソノテルオという少年はあの日、食事の片付けが済むと、誰に言われたわけでもないのに孝たちにお菓子を出してくれた。

彼なりの感謝の気持ちなのだろう。

スナック菓子などを菓子盆に山盛りにして持ってきたのだ。

「なあ。友達が来たら、いつもこのお盆で出すのか？」

そう訊いたのは、スナック菓子と赤い漆器《しっき》の菓子盆があまりにもそぐわなかったせいだ。

案の定、テルオはふるふると首を振った。

「友達はみんな袋のまま、好きに食べるから」

「じゃあ、私らには気を遣ってくれたってことかな？」

山田が訊く。

「そりゃ、お客さんだからさ」

どうやら母親がしていたことを見ていたらしい。

彼はポテトチップスの隣に例のばあちゃん菓子も並べていた。

「あれ、懐かしいですね。このお菓子」

案の定、山田が食いつく。

「君、これ好きなのか？」

孝が訊くと、テルオは揶揄《やゆ》されたと思ったのか、ぷっと膨れて横を向いた。

「べっつに。オバサンはこれが好きかなと思っただけだし」

山田がすっと真顔になる。

「どこにオバサンがいるのかな……？」

貼り付いたような顔が怖い。

テルオだけでなく隣にいた孝まできゅっと肩をすぼめたが、仁は苦笑しただけだった。

我が兄ながらすごい。

山田のギャグや、テルオに対する言動は相当お寒いものだと思うが、それを苦笑で済ませるとは大した度量の持ち主だ。

やっぱり仁には勝てそうにない。

気を取り直し、孝はテルオに訊いた。

「もしかして、これお母さんの好物とか？」

そう思ったのは、ダイニングのテーブルに菓子を並べていた彼が、中に数個を残して大事そうにパッケージを戸棚にしまっているのを見たからだ。

テルオは気まずそうに横を向いたまま頷く。

総じて憎たらしい子供なのだが、こういうところは可愛かった。


帰り道、山田が言った。

「あの子は大丈夫ですよね」

「そうだな」

仁が頷く。

どうやら、少年の行く末に不安を感じたのは孝だけではなかったようだ。

「それにしたって……」

つい小言を口にしてしまう。

「あんな強引な乗り込み方ってありますか？　たまたま問題なく済んだから良かったようなものの。いや、まだ分からないな。もし、あの子の親がタチの悪い輩《やから》で妙な言いがかりをつけてきたらどうするんです」

孝が言うと、山田は「スミマセン」と困ったように笑って頭を掻いた。

少年宅で見せたテンションの高さが嘘のようだ。いつもの挙動不審のゾンビに戻ってしまっている。

「この子、お腹空いてそうだなと思ったら、つい口が勝手にあのようなことを……」

山田は恐縮している。

お腹が空いてそう……か。

孝はぼんやり考えていた。

母親を責めるのは簡単だ。

いくら仕事が忙しくても、小学生にお金だけ与えておけばいいというものではないだろう。

だが、テルオの言った通りだ。

彼女は何も悪くないのだ。

働くために子供の食事が疎《おろそ》かになったからといって、誰に責める権利がある？

ただ、一つだけ言えることがある、と孝は思う。懸命に働く自分の背中を見せておけば、子供は曲がったことをしないというのは過信だ。

孝には分かる。頭では分かっていても、寂しいのはどうしようもないのだ。

仁が料理を作る後ろをうろうろしながら、テルオは期待に目を輝かせていた。

その姿にゆらゆらと立ち上った記憶がある。

薄暗くてかび臭い、山小屋のような場所で、テルオと同じように仁の後ろ姿を眺めたことがあるのだ。

寒くて寒くて、泣けてくるほど空腹だった。

それがどこの場所なのか、いつ頃のことなのかまったく思い出せない。

ただ、記憶の中の仁の背中は今よりずっと小さく華奢《きゃしゃ》だった気がする。

仁もまた幼さが残る年齢だったということか？

詳しいことは何も覚えていない。

覚えていないというより、封印されたみたいにそこから先の記憶が開けられないのだ。

ただ、自分のために料理を作ってくれる人の背中を見るのは、孝にとって幸せなことだった。

あの時自分は、生きていてもいいのだと、初めて存在を肯定されたような気がしたのだ。

「しかし、あれって、どこなんだろうな」

考えれば考える程分からなくなる。

山小屋みたいな場所に、中学生ぐらいの仁と二人だけしかいないのだ。

そんなことあったっけ——？

実際にあったことなのか、夢か何かで見たのか、どうにも分からなくなってきた。

ただ、急に回鍋肉が食べたくなった。

というわけで、おりおり堂のまかないだ。

用具を揃えるのに時間がかかり、満足のいく練習はできていない。

言い訳はしたくなかった。それがスタイリッシュな男の生き様なのだ。

自宅のキッチンとはいささか勝手が違うおりおり堂の奥の厨で、まず、米を炊く。

米をとぐのは初めてだ。

これは完全に意識から外れていたため、練習をしていない。

仁がテルオに教えているのを横で見ていたからマスターしたつもりでいたが、念のためにこれも動画を見て確認した。

水を入れる。洗う。

水を捨てる。

これら一連の動作を三、四回繰り返すとあった。

難しいのは米をどの程度まで洗うのかというところだ。

仁や桜子、ついでに山田が米をといでいるのは見たことがあるが、いつもささささっと終わっていて今一つよく分からない。

力任せに押し潰すように洗っていると、米が砕けて破片《はへん》が水に浮き始めて慌てた。

よく見ると、米がぎざぎざになっている。

「うわ。大丈夫かこれ」

まあ大丈夫なことにして、とりあえず炊飯器の蓋をしスイッチを押す。

砕けた米で炊いたごはんがどうなるのかと思ったが、一応それなりに炊き上がったようだ。

回鍋肉も何とか出来あがった。

見た目が不格好なのは仕方がない。

これでも努力の甲斐あって少しは上達したのだ。

当初など、動画通りに野菜を切ろうと思っても包丁が言うことを聞かないし、一度はピーマンの上で滑った包丁の刃先が親指をかすめて肝を冷やしたものだ。

あと一ヶ月ぐらいあれば、きっと完璧なものが作れたはずなのだが、そこは非常に遺憾《いかん》である。

ごはんは失敗した。水の分量を間違えたのか、べちゃべちゃしたおかゆ一歩手前みたいなものが出来上がっている。

まあ、食べられないこともないだろう。

孝は細かいことにはあまり頓着《とんちゃく》しない男である。

それが初心者が料理をする際の最大の敵であることに気付くのはまだ先の話だ。

「まあ、おいしいこと」

桜子が嬉しそうに笑う。

「ん。初めてにしちゃ上出来なんじゃないか」

と虎之介。なんでお前はそんな評論家気取りなんだよと思うが、一応兄弟子なので立てることにしておく。

山田は大口を開けて、回鍋肉を頬張っていた。もぐもぐと頬を膨らませて食べる姿がまさにウォンバットだ。

次いで彼女は柔らかいごはんを口に入れると、もぐもぐして満足げに飲み込んだ。

「はぁぁ、おいしい」

なんでそんなに幸せそうなんだよと内心ツッコミを入れながら、その実、山田の笑顔にとても癒《い》やされている自分に気付いて、一気に真顔になった。

いや、考えてもみろ。ウォンバットは言うまでもなく、ゾンビが幸せそうに食事をしている姿はそりゃ微笑ましいだろう、と自分に言い聞かせる。

さて、それで仁は……と恐る恐る見ると、相変わらずの無表情だ。

しかも無言。

ですよねー。と孝は肩を落とした。

自分でも最高の料理ができたとは思わないのだから当たり前だ。褒められても逆に困る。

ふうう、と溜息をつく。

料理なんかその気になれば簡単じゃん、とか寝ぼけたことを言っていた過去の自分を殴りたい。

単なる料理を作るのと、おいしい料理を作ることの間には大いに隔たりがあるのだ。先は遠い。

気を取り直して、大皿の回鍋肉を取り箸とレンゲを使って自分の皿に取る。

口に運ぶとアツアツだった。

味噌の香りとトウバンジャンの辛み、そしてキャベツから出た甘みと豚肉の滋味が渾然《こんぜん》一体となって口中に拡がる。

しかし、おかしいなと孝は首を傾げた。

おいしくないわけではないのだが、回鍋肉の味が違う気がする。

火加減の問題なのか過熱時間の問題なのか、キャベツはところどころ固いままだし、ピーマンも、ザ・ピーマンと呼びたくなるような青臭さ丸出しの主張の強さだったが、味は悪くなかった。

いや、それ自体も大問題ではあった。

仁を除く面々は初心者である孝に気を遣って、褒めてくれているだけだ。

そんなことは分かっている。

次回はもっとおいしいものを作って食べてもらいたいと素直《すなお》に思った。

そうではない。

そこではなくて、腹の奥深くから、違うと叫ぶ声が聞こえる気がするのだ。

あの回鍋肉とは違うと思った。

それって何を基準にしてるんだ？

孝は首を傾げる。

い、あの回鍋肉とは——？

大学の時によく行った食堂の味はもっと味噌がきいていて、これとはまったく違う印象だった。

あれはあれで良かったし、これはこれでアリだと思う。

だが、孝が求めているのはそのどちらでもない。

やはり、あの山小屋めいた場所で仁が作ったものが回鍋肉だったのか？

封印された記憶の向こうに何があるのか。

孝には見えなかった。

ただ今、湯気でくもる眼鏡のレンズの向こうに温かい食事があって、みなでわいわいと食卓を囲んでいる。

その事実はあまりに幸福で、眩しかった。

「おばあさま。何かお困りごとはありませんか？　私でよければお手伝いをさせていただきますよ」

陳列台《ちんれつだい》に並ぶグラスを丁寧な手つきで磨いている桜子に訊ねる。

「まあ、孝さん。ご親切にありがとうございます。そうね……。ですが今はこれといってないかしら」

「書類の整理や経理のお手伝いなどでも、そこそこお役に立てるかと思いますが」

桜子はおほほと笑う。

「それは頼もしいこと。でもね、今、澄香さんに色々お手伝いしていただいているでしょう。わたくしの仕事も本当に楽になっているのよ」

「それは……」

本当にあのゾンビ女で大丈夫なのか。

「彼女は優秀なんですか？」

思わず訊くと、桜子は口許にハンカチを当てて、おほほと笑った。

「少なくともわたくしは澄香さんを信頼していますよ」

その瞬間、覚えのある花の匂いがふわりと香る。

涼やかで、それでいて切なく甘い香りだ。

孝は思い出していた。

桜子はハンカチや下着などを匂い袋と共に保管することで、ほのかに香りを移すのだ。

「おばあさま。一つお聞きしてもよろしいですか」

「まあ改まって。なあに？」

「おばあさまにとって、料理とは何ですか？」

彼女にこれを問うのは禁じ手だろう。

しかし、孝としては自分が抱いてしまった彼女への疑惑を払拭《ふっしょく》したくて訊かざるを得なかったのだ。

桜子は一瞬目を見開いたが、そうねえ……と考えるように瞳を巡らせている。

「大切に思うこと、かしらね」

「大切に思う……。相手を、ということですか？」

「いえ。そうね、それももちろんあるけれど、自分も、ですよ。ああ、それだけではないかしら。食材も、お料理を作る時間も、できたものを食べる時間も、おいしくいただいた記憶も、誰かの喜ぶ顔も、何もかも全部を大切に思うのよ」

大切に思うこと――。

孝は頭の中でその言葉を反芻《はんすう》している。

「さすがはおばあさまですね」

孝はふっと笑った。

これ以上の答えはないような気がする。

「そこに、俺は入っていますか？」

そう訊きたかったが、その勇気はなかった。

魂《たましい》というものが実在するのかどうか知らないが、それでも桜子を形作るものが、そこらの人間と比べ、桁違《けたちが》いに大きいということは分かる。

器が大きいとでもいうべきか。

桜子は孝の知る限り、もっとも尊敬に値する女性だった。

彼女にはどこまでも優しく、包み込んでくれるようなあたたかさがある。

自分は、そんな大切な人を、二十年近くも遠ざけてきたのだ。

孫ではないと言われても仕方がない。

だが、何故そんなことができたのか？

何がきっかけになったのか？

孝にはいくら考えても思い出せなかった。

「俺はどうして長い間、ここに来なかったんでしょうか」

桜子が驚いたような顔になる。

しかし、答えが返ってくることはなかった。

彼女は静かに首を振ったのだ。

◆

孝は溜息をついて、『見習い日誌』を閉じる。

ゆったりとしたジャズピアノの調べ。グラスの触れあう音。談笑する声。ホテルのバーのざわめきが耳に戻ってきた。

残り日数は五日。

自分にとって料理とは何か——。

料理に不可欠なものとは何か——。

仁に出された課題の答えはまだ出ない。

そもそも、本当に自分は仁を橘へ連れ戻したいと思っているのか？

迷いが生じ始めていた。

さらには「月下美人」だ。

丹羽エリカについて調べたところ、不穏な事実が判明した。

彼女の経歴には多くの空白があるのだ。

短期間ゆえ依頼した専門機関にも調べきれなかった部分があるのは確かだが、不自然な空白の存在に虎之介とはまた違った種類の不気味さを感じる。

孝はグラスを持ち上げた。

スティンガーという名のカクテル。

つんとするペパーミントの香りと甘いブランデーの芳香。

このカクテルの飲み口は甘い。ペパーミントのさわやかさとあいまって飲みやすいが、意外にアルコール度数が高いのだ。

なるほど、危険な香り、ね――。

「月下美人の君」との約束は十時だ。

夜はまだ長い。

「ばあちゃん菓子と暴走ゾンビ」は、二〇一四年八月に「発言小町」のトピックとして連載された「出張料理・おりおり堂　夏休み特別篇」第一話を下敷きに加筆修正しています。

その他は書き下ろしです。
またこの物語はフィクションです。実在する人物、団体等とは一切関係ありません。

本文イラスト：八つ森佳
本文デザイン：bookwall

中公文庫

出張料亭《しゅっちょうりょうてい》おりおり堂《どう》
——月下《げっか》美人《びじん》とホイコーロー

2019年11月25日　初版発行

著　者　安《やす》田《だ》依《い》央《お》

発行者　松田陽三

発行所　中央公論新社
〒100-8152　東京都千代田区大手町1-7-1
電話　販売 03-5299-1730　編集 03-5299-1890
URL http://www.chuko.co.jp/

DTP　平面惑星
印　刷　三晃印刷
製　本　小泉製本

Published by CHUOKORON-SHINSHA, INC.
Printed in Japan　ISBN978-4-12-206803-2 C1193

出張料亭
おりおり堂
安田依央
イラスト／八つ森佳
『味見するか？』
STORY
偶然出会った出張料理人・仁さんの才能と見た目に魅了された山田澄香、三十二歳。思い切って派遣を辞め、助手として働きだすが――。恋愛できない女子と寡黙なイケメン料理人、二人三脚のゆくえとは？
シリーズ既刊
ふっくらアラ煮と婚活ゾンビ
ほろにが鮎と恋の刺客
コトコトおでんといばら姫
夏の終わりのいなりずし
月下美人とホイコーロー
中公文庫

洋菓子店アルセーヌ

ケーキ作りは宝石泥棒から

ケーキ×イケメン×怪盗

三度美味しい新感覚お仕事（？）小説

九条菜月

Natsuki Kujo

恋人の浮気発覚でボロボロの陽咲は、傷を癒してくれたケーキの美味しさに感動し洋菓子店「アルセーヌ」で働くことに。だがこの店には怪しい裏稼業が？

イラスト／Minoru

中公文庫

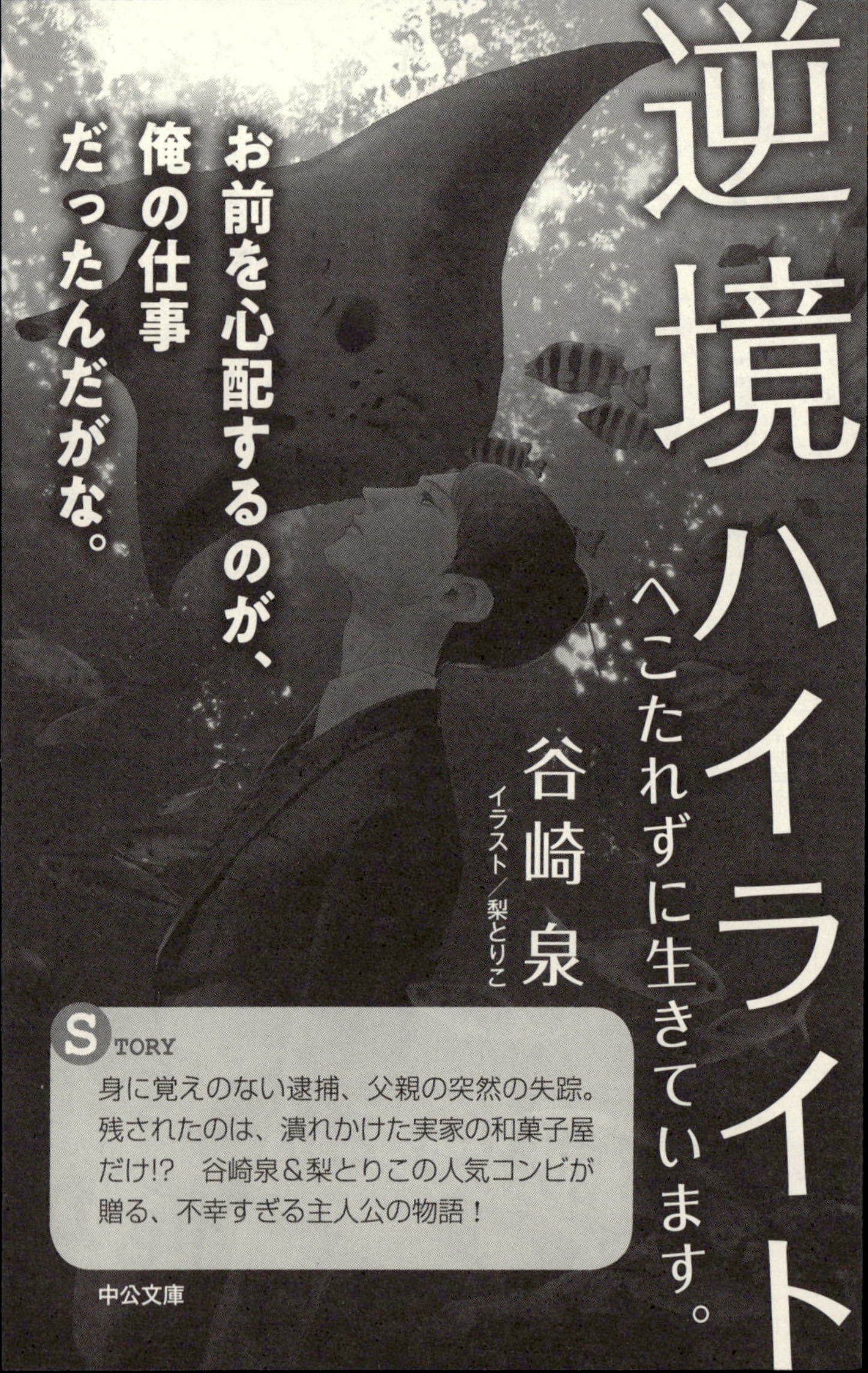

逆境ハイライト

へこたれずに生きています。

谷崎泉
イラスト／梨とりこ

お前を心配するのが、
俺の仕事
だったんだがな。

STORY

身に覚えのない逮捕、父親の突然の失踪。残されたのは、潰れかけた実家の和菓子屋だけ!?　谷崎泉＆梨とりこの人気コンビが贈る、不幸すぎる主人公の物語！

中公文庫